I0597638

PROTEGGERE TEX

ARMI & AMORI

LIBRO 14

SUSAN STOKER

Titolo originale: *Protecting Tex*

Traduzione dall'inglese di Patrizia Zecchin per One More Chapter Translations

Editing del team di One More Chapter Translations

Proteggere Bree

__Game of Chance__

Il protettore

Il reale

L'eroe

Il tagliaboschi

__Ricerca e soccorso Eagle Point__

In cerca di Lilly

In cerca di Elsie

In cerca di Bristol

In cerca di Caryn

In cerca di Finley

In cerca di Heather

In cerca di Khloe

__Silverstone__

Fidarsi di Skylar

Fidarsi di Taylor

Fidarsi di Molly

Fidarsi di Cassidy

__Il Rifugio__

Meritare Alaska

Meritare Henley

Meritare Reese

Meritare Cora

Meritare Lara

Meritare Maisy

Meritare Ryleigh

Delta Duo

La forza di Gillian

La forza di Kinley

La forza di Aspen

La forza di Jayme

La forza di Riley

La forza di Devyn

La forza di Ember

La forza di Sierra

Forze Speciali alle Hawaii

Trovare Elodie

Trovare Lexie

Trovare Kenna

Trovare Monica

Trovare Carly

Trovare Ashlyn

Trovare Jodelle

Armi & Amori: verso il futuro

Soccorrere Caite

Soccorrere Brenae

Soccorrere Sidney

Soccorrere Piper

Soccorrere Zoey

Soccorrere Avery

Soccorrere Kalee

Soccorrere Jane

Delta Force Heroes

Salvare Rayne

Salvare Emily

Salvare Harley

Il Matrimonio di Emily

Salvare Kassie

Salvare Bryn

Salvare Casey

Salvare Sadie

Salvare Wendy

Salvare Mary

Salvare Macie

Salvare Annie

Mercenari di Montagna

Difendere Allye

Difendere Chloe

Difendere Morgan

Difendere Harlow

Difendere Everly

Difendere Zara

Difendere Raven

<u>Ace Security</u>

Il riscatto di Grace

Il riscatto di Alexis

Il riscatto di Bailey

Il riscatto di Felicity

Il riscatto di Sarah

<u>Una raccolta di storie brevi</u>

Un momento nel tempo

NOTA DELL'AUTRICE

Proteggere *Tex*

Chi l'avrebbe mai pensato? Tex è l'uomo che protegge tutti, quello a cui chiunque si rivolge quando un loro caro scompare.

L'idea di questo libro mi è venuta nel mezzo della notte e ho dovuto pensarci parecchio prima di essere pronta a scriverlo. Ma amo il risultato ottenuto e il fatto che TUTTI si siano mossi per *Proteggere Tex*.

Detto ciò, vedrete un sacco di vecchi amici in questa storia, e potreste rimanere confuse per quanto riguarda la linea temporale. Be', gettate la linea temporale fuori dalla finestra! Probabilmente ho sbagliato l'età di qualcuno, e la storia del libro di Annie non è ancora successa;

non ha ancora sposato Frankie ed è appena diventata un Berretto Verde.

Ma si svolge DOPO che Tex ha conosciuto Ryleigh (della serie Il Rifugio). È un po' tutto confuso? Forse. Probabile. Non fateci caso. Non è necessario che mi mandiate messaggi o mail per dirmi che ho fatto un casino. È un'opera di fantasia, e mi sono divertita molto a scriverla.

Spero che riusciate a non pensarci troppo sopra per un momento e che possiate godervi la storia per ciò che è... degli amici che si riuniscono per aiutarne un altro.

Grazie per il vostro supporto e per l'affetto che provate per Tex, Baker, Wolf, Elizabeth, Annie, Ryleigh e TUTTI i miei personaggi. Significa molto per me.

Ora basta leggere questa stupida e breve prefazione... e girate pagina per vedere cos'è successo e come i vecchi amici si radunano per trovare e proteggere Tex!

~ Susan

CAPITOLO UNO

«Cosa vuoi per cena stasera?»

Tex guardò Melody e, come ogni giorno, si stupì del fatto che fosse sua moglie. Sapeva bene di non essere il tipo d'uomo che molte donne avrebbero voluto come compagno, soprattutto perché era ossessionato dal suo lavoro, ossia usare le competenze informatiche che aveva per aiutare gli altri. E con ossessionato intendeva che aveva un intero seminterrato pieno di computer, oltre a componenti elettronici per costruire e perfezionare i localizzatori che stava cercando di brevettare.

Inoltre, molte persone pensavano che fosse mezzo uomo perché gli mancava una gamba.

Ma era anche il tipo che mollava tutto per andare a vedere sua figlia esibirsi al saggio di danza. Che aveva adottato una ragazza proveniente da un Paese devastato dalla guerra e le aveva dato una casa quando non aveva nessun altro posto dove andare. Ed era un uomo che aveva viaggiato attraverso il Paese per incontrare la donna con cui aveva parlato solo online... e che aveva avuto il disperato bisogno del tipo di aiuto di cui lui era un esperto.

Tex non avrebbe mai immaginato di poter essere così felice. Forse era di parte, ma doveva dire che sua moglie era stupenda. Era parecchio più vecchia rispetto a quando si erano conosciuti, ma il suo fascino non era diminuito. Ai suoi occhi era solo diventata più bella. E ciò non aveva niente a che fare con il suo aspetto. Era grazie al suo cuore generoso, all'amore che provava per Akilah e Hope, le loro figlie. Perché non si lamentava mai quando lui si ritirava per giorni nel seminterrato a lavorare intensamente per scovare qualcuno che era scomparso. Trovare le persone che sparivano e assicurarsi che chi aveva compiuto il *rapimento* fosse "trattato" nel modo appropriato, era diventato il lavoro della sua vita.

«John?»

Tex sbatté le palpebre. Si era perso nei suoi pensieri. «Scusa, Mel, cosa mi hai chiesto?»

Lei scosse la testa esasperata e ripeté la domanda riguardo al cibo che voleva mangiare.

«Credevo avessimo deciso per i tacos» rispose, mentre metteva in moto l'auto e faceva manovra per uscire dal parcheggio del supermercato in cui erano appena stati.

«È così, ma ci ho ripensato. Hope ha l'allenamento di pallavolo stasera e Akilah potrebbe tornare a casa dal college per il weekend. Mangeremo tardi, e anche se i tacos sono semplici da preparare, ho pensato che forse avrei potuto fare qualcosa nella Crock-Pot, in modo che il cibo rimanga caldo indipendentemente dall'orario in cui mangeremo.»

«Che ne dici di pollo e riso?» chiese Tex. «È facile da fare e abbiamo tutti gli ingredienti.»

«Perfetto» gli disse Melody con un enorme sorriso.

Stava uscendo dal parcheggio quando sua moglie sganciò la bomba.

«A proposito, alla partita di domani sera Hope vuole che conosciamo il suo ragazzo.»

Tex premette con forza il piede sul freno e si voltò a guardarla, incredulo. «Cosa?»

«Non farne un dramma. Sono solo in seconda media, quindi non è un *vero* fidanzatino. A loro piace solo passare del tempo insieme e credo che si siano tenuti per mano un paio di volte, ma è tutto. Lei è eccitata per questo ragazzo, e sembra gentile.»

«No.»

Melody ridacchiò. «Dai, John...»

«È troppo piccola» disse lui con fermezza. Il pensiero che la sua bambina avesse un ragazzo gli faceva venire voglia di vomitare.

«È vero» concordò Melody. «Ma ripeto, non andrà con lui in un cinema buio a sbaciucchiarsi nell'ultima fila. Quando fanno qualcosa insieme al di fuori della scuola, sono in gruppo. O al massimo lui viene a vederla giocare. John, Hope è in quell'età in cui sta iniziando a trovare interessanti i ragazzi, e mi emoziona il fatto che voglia che lo incontriamo e che non ci tenga nascosta la cosa.»

Qualcuno suonò il clacson dietro di loro e Tex guardò nello specchietto retrovisore. C'era un uomo arrabbiato che stava agitando il pugno e che gli faceva cenno di muoversi o di togliersi di mezzo. Fece un respiro profondo e riportò la sua attenzione sulla strada davanti a lui. Con tutta la nonchalance possibile, chiese: «Come si chiama?»

«No. Non esiste» gli disse Melody.

«Che c'è? Cosa non esiste?» domandò, cercando di avere un'espressione innocente.

«Sai di cosa sto parlando. Se ti dico il nome di questo povero ragazzo prima di incontrarlo, non appena torniamo a casa andrai nel seminterrato a fare delle ricerche su di lui e sulla sua famiglia. Scoprirai il reddito annuo dei suoi genitori, dove lavorano, chi sono i loro capi, eventuali ammonimenti che hanno ricevuto al lavoro, multe per eccesso di velocità e un centinaio di altre cose che sono estremamente indiscrete e completamente inutili.»

«Se Hope passa del tempo con questo ragazzo, ho bisogno di scoprire tutto quello che c'è da sapere su di lui» protestò.

«No. Devi fidarti di tua figlia. Pensi davvero che si interesserebbe a qualcuno che non la tratta bene? Ogni giorno ha davanti agli occhi il miglior esempio di come un uomo dovrebbe comportarsi con una donna che gli piace. *Tu*, John. Glielo hai insegnato dimostrandolo con tutto quello che fai per me *e* per lei. Sei rispettoso, non alzi mai la voce. Quando non siamo d'accordo su qualcosa, ne parliamo civilmente. Sei di supporto, sei gentile e rispetti i confini personali.»

«Sembro una mammoletta» si lamentò sottovoce.

Lei ridacchiò sommessamente. «Sei anche duro, ma giusto. Ti aspetti che Hope e Akilah facciano sempre del loro meglio. Imprechi troppo, lavori troppo duramente, ed entrambe le nostre figlie non hanno il minimo dubbio che se qualcuno osasse far loro del male, ti occuperesti di quelle persone in modo che non commettano mai più lo stesso errore. Le hai cresciute per far sì che fossero intelligenti, forti e di buonsenso. Fidati di tua figlia, John.»

Quando la metteva in quel modo, non poteva fare

altro che fidarsi del fatto che Hope avesse scelto bene il suo potenziale fidanzatino. «Ok.»

Mel ridacchiò di nuovo. Gli prese la mano e lui se la lasciò stringere volentieri. «Ti amo, John. Non avrei mai pensato che questa sarebbe stata la mia vita quando ero rintanata in quella stanza d'albergo a Los Angeles tanti anni fa.»

Non gli piaceva ripensare al periodo in cui Melody stava scappando da una stalker psicopatica. E al fatto che quella pazza era quasi riuscita a toglierle la vita. Se non si fosse aperta con lui, fidandosi di dargli le informazioni necessarie per trovarla, o se non fosse stato per Baby, il suo cane, le cose ora avrebbero potuto essere molto diverse.

«Ti amo anch'io. Quando torniamo a casa...»

Tex non riuscì a finire la frase. Aveva appena imboccato la loro via quando, all'improvviso, un furgone arrivò sfrecciando da dietro la curva, puntando verso di loro. Riuscì appena in tempo a inchiodare, in modo da evitare uno scontro frontale.

Prima che potesse capire cosa stava succedendo, la portiera del furgone si aprì e tre uomini vestiti di nero dalla testa ai piedi uscirono di corsa.

«Merda, Mel, blocca le portiere!»

Ma era già troppo tardi. Non appena l'ultima parola

gli uscì di bocca, qualcuno spalancò la portiera dalla sua parte e la lotta ebbe inizio.

Tex era ostacolato dalla cintura di sicurezza che lo teneva ancorato al sedile, e nonostante l'adrenalina che gli scorreva nelle vene, non era all'altezza di quegli uomini, chiaramente addestrati, che gli avevano teso un'imboscata.

«Scappa, Mel!» riuscì a dire prima che gli arrivasse un pugno sulla mascella, che lo zittì.

Non fece nemmeno in tempo a rendersi conto di cosa stesse succedendo, che già lo stavano trascinando fuori dal veicolo, ma si rifiutò di arrendersi. La lotta avvenne in modo stranamente silenzioso, dato che gli uomini che lo avevano aggredito non stavano dicendo una parola.

Fu solo quando sentì il lamento di Melody che Tex si rese conto che non era riuscita a scappare da quei bastardi. «Per favore, vi darò qualunque cosa vogliate, ma non fate del male a mia moglie.»

«Starà bene se farai quello che ti diciamo» disse uno dei tizi, con una voce profonda che non aveva mai sentito in vita sua. Aveva un leggero accento, ma non riuscì a identificarlo.

«Non fatele del male» ripeté. Aveva un occhio gonfio e chiuso, ma con l'altro ci vedeva benissimo, e notò che un secondo veicolo si era fermato dietro la sua auto mentre stava lottando. E quando lo trascinarono verso il furgone, un altro uomo vestito di nero si mise al volante proprio della sua macchina.

«Sbrigatevi, dobbiamo andarcene da qui» disse con impazienza l'autista del furgone, mentre Tex veniva gettato all'interno. Non sapeva se essere sollevato o meno quando Melody venne spinta dentro accanto a lui. Incrociò il suo sguardo per una frazione di secondo, poi uno dei loro rapitori le infilò un cappuccio scuro sulla testa.

Un attimo dopo non vide più niente, e immaginò che ne avessero infilato uno anche a lui. La portiera del furgone venne chiusa di colpo e l'autista partì, come se rapire due innocenti fosse stata una normalità per lui. Tex si era trovato in parecchie brutte situazioni, ma quella di quel giorno era cento volte peggio, perché non era insieme a una squadra di Navy SEAL addestrati. Era con Melody. La donna che amava più della vita stessa. Per la quale aveva lavorato duramente, fin dal momento in cui si erano incontrati, per fare in modo che fosse al sicuro, per impedire che la malvagità la toccasse di nuovo. Non aveva idea di chi fossero gli uomini che li avevano rapiti o cosa volessero, ma non era niente di positivo, su quello non aveva dubbi.

Nessuno parlò mentre uscivano dal loro quartiere, il che lo inquietò. Si capiva che era stato tutto pianificato;

quei tizi erano dei professionisti. Cercò di tenere traccia delle curve che faceva il furgone, ma senza poter vedere, e a causa di quelle che sembravano frequenti manovre su angoli stretti, perse rapidamente l'orientamento. Ma sapeva che stavano viaggiando solo da circa dieci minuti quando il furgone rallentò.

Tex si irrigidì.

La portiera scorrevole si aprì di nuovo, anche se non si fermarono. Sentì Melody protestare, poi urlare mentre veniva chiaramente spinta fuori dal veicolo in movimento.

«Mel!» gridò, ma tutto ciò che ottenne fu un pugno sullo stomaco. Poi i tre uomini che erano stati sul retro del furgone con loro iniziarono a picchiarlo di nuovo.

Gli avevano ammanettato i polsi dietro la schiena prima di spingerlo dentro il mezzo, e senza l'uso delle mani era incapace di difendersi. Quando cessarono il pestaggio, Tex era a malapena cosciente.

«Perché?» riuscì a borbottare con le labbra sanguinanti. Il naso era sicuramente rotto, e aveva la sensazione di avere anche lo zigomo fratturato, oltre a qualche costola incrinata.

«Perché possiamo» ripose qualcuno.

Quella fu l'ultima cosa che sentì prima di svenire.

CAPITOLO DUE

MELODY GEMETTE, distesa a terra. Le faceva male dappertutto.

Era rimasta davvero confusa quando quegli uomini erano scesi dal furgone, che li aveva quasi investiti, e si erano precipitati verso la loro auto. Ma non appena John le aveva urlato di scappare, aveva agito. Si era slacciata la cintura di sicurezza e aveva aperto la portiera, mentre quei tizi lo stavano picchiando, non lasciandogli la possibilità di reagire. Era corsa verso il grande cortile di una casa in fondo alla strada, chiedendosi cosa diavolo stesse succedendo.

Purtroppo non era andata molto lontano. L'uomo che l'aveva inseguita era stato molto più veloce di lei, che quella mattina aveva deciso di indossare delle graziose scarpe con il tacco alto. Si era pentita come non mai di quella decisione. Il tizio l'aveva placcata proprio nel cortile del suo vicino, facendola cadere a terra con violenza.

E ora aveva il peso del suo inseguitore sopra.

Aprì la bocca per urlare, ma l'uomo, prevedendolo, le sbatté il palmo carnoso sulle labbra, attutendo il suo grido. Melody allora lottò come se la sua vita fosse dipesa dalla possibilità di fuggire, ma non servì a niente; erano arrivati i rinforzi, e prima che si rendesse conto di cosa stava accadendo, un secondo uomo aiutò il primo a tirarla su e a riportarla verso i veicoli sulla strada.

Vide che una seconda macchina si era fermata vicino alla loro, tanto che i paraurti si toccavano. Era ovviamente da lì che era arrivato il secondo uomo. Melody non poté evitare di emettere un forte gemito. John lo sentì e implorò quella gente di non farle del male.

All'improvviso venne spinta nel furgone accanto a suo marito. Le cose erano successe così in fretta che stava ancora elaborando l'accaduto. Ma non appena le infilarono sulla testa un cappuccio di stoffa, fu travolta da un senso di terrore.

Aveva incrociato lo sguardo di John prima che le impedissero di vedere, e ciò che vi aveva scorto era stata pura furia e la promessa che li avrebbe tirati fuori entrambi da quella situazione. Qualunque fosse *quella situazione*. Uno degli uomini sul retro del furgone aveva una presa così stretta sul suo braccio che era impossibile che lei potesse liberarsi. Così decise di aspettare e vedere cosa sarebbe accaduto. Sarebbe scappata alla prima occasione. Sapeva meglio di chiunque altro cosa succedeva se si veniva allontanati dalla civiltà... niente di buono.

Viaggiarono per un breve tratto, poi il furgone rallentò. Melody si preparò a fare qualcosa... strapparsi il cappuccio dalla testa, usare le unghie per cavare gli occhi a chiunque riuscisse a raggiungere, lanciarsi contro l'autista per fargli fare un incidente... qualcosa. *Qualsiasi cosa.* Non le avevano legato le mani dietro la schiena, ma uno dei bastardi la teneva ancora saldamente.

Percepì la portiera aprirsi ma il furgone non si fermò. Sentì la mano attorno al suo braccio stringersi... poi qualcuno le diede una poderosa spinta e si ritrovò a volare in aria.

Melody ebbe una frazione di secondo per stupirsi del fatto che l'uomo l'avesse buttata fuori da un veicolo in movimento, poi nel suo corpo divampò un intenso dolore quando colpì con violenza l'asfalto, rotolando più volte.

Nonostante l'immensa sofferenza, si rese conto di non aver sentito il rumore di John che veniva lanciato fuori.

Si strappò il cappuccio dalla testa giusto in tempo

per vedere la parte posteriore del furgone bianco scomparire in lontananza. Era troppo distante per leggerne la targa... e, come sospettava, non c'era traccia di John disteso a terra lì da qualche parte.

Si raddrizzò a sedere per un momento, cercando di capire cosa diavolo fosse appena successo. Niente aveva senso. Gli uomini non l'avevano nemmeno toccata, non veramente. Non era stata legata e non le avevano fatto troppo male quando l'avevano sottomessa.

Ovviamente, *ora* era ferita. Le pulsava il fianco sinistro nel punto in cui era atterrata. Anche la testa, e sentiva il sangue gocciolare sulla nuca. Il suo braccio sinistro le faceva un male cane, e quando abbassò lo sguardo vide che era piegato in modo strano, ovviamente rotto.

Era ricoperta di abrasioni e le sue scarpe chissà dov'erano... probabilmente le aveva perse lottando nel cortile del vicino. Com'era possibile che fossero stati rapiti nel bel mezzo della giornata e nessuno avesse visto nulla? Ma, d'altronde, forse qualcuno *aveva* visto e chiamato la polizia. Magari gli agenti in quel momento stavano cercando lei e John per tutta la città di Washington, in Pennsylvania.

Melody si guardò intorno e si rese conto di non avere idea di dove si trovasse. Era per metà sulla carreggiata e per metà sull'erba alta. C'era una recinzione dietro di lei e dei grandi campi su entrambi i lati della strada, con coltivazioni in crescita.

Aggrottò la fronte e guardò verso la direzione da cui erano arrivati. Non c'erano macchine. Nessun rumore. I suoi rapitori l'avevano spinta fuori dal furgone nel bel mezzo del nulla. Viveva in quella zona da molto tempo, ma non riconosceva quella in cui si trovava ora. Le lacrime minacciavano di scendere, ma le trattenne. Non poteva piangere. Non adesso. Non quando gli uomini che l'avevano rapita avevano ancora John. Sì, lui era un ex Navy SEAL tosto, ma non riusciva a togliersi dalla testa l'immagine del suo viso già pieno di lividi... e prima che le infilassero quella cosa sulla testa aveva visto che stava sanguinando e le manette ai suoi polsi.

Pensò che probabilmente l'avevano rapita per far sì che John fosse compiacente. E aveva funzionato.

Le serviva aiuto. Cercò di alzarsi, ma si rese conto che era quasi impossibile. Sembrava che l'articolazione dell'anca fosse fuoriuscita dalla sua sede, e il braccio le faceva così male che le si oscurò la vista quando lo mosse per sforzarsi di rimettersi in piedi. In qualche modo ci riuscì, e ondeggiò sul lato della strada, pregando di non cadere e farsi ancora più male di quanto già non se ne fosse fatta.

Un senso di determinazione la pervase. Lei era l'unico collegamento con John. Cercò di ricordare ogni dettaglio di ciò che era appena successo: l'aspetto del furgone, la voce degli uomini, anche se non avevano parlato molto, persino gli odori a quel punto. Qualsiasi informazione che la polizia avrebbe potuto usare.

Melody iniziò a procedere zoppicando lungo la strada, sperando di vedere una casa prima che il dolore diventasse troppo forte da farla svenire. Aveva fatto solo cinque passi circa quando vide qualcosa più avanti che sembrava decisamente fuori posto.

Era un mattone dipinto di giallo. Mentre si avvicinava, notò che aveva un pezzo di carta avvolto intorno, fissato con un elastico. Doveva essere stato buttato fuori dal furgone insieme a lei. Altrimenti perché avrebbe dovuto essere lì?

Non era la moglie di John "Tex" Keegan per niente; Melody sapeva che era meglio non toccare a mani nude nessuno degli oggetti. Pregava che i loro rapitori avessero lasciato delle impronte o del DNA sulla carta o sul mattone.

Desiderando disperatamente sapere cosa diavolo ci fosse scritto su quel foglio, continuò a camminare. Avrebbe mandato la polizia a raccoglierlo. Ora che era in piedi, aveva la sensazione che se si fosse fermata, non sarebbe più stata in grado di ripartire. Ogni passo era estremamente doloroso, ma avrebbe sopportato qualsiasi sofferenza se ciò avesse significato cercare aiuto per John.

Il pensiero di quello che poteva star subendo fu quasi sufficiente a farla crollare, ma fece un respiro profondo e continuò a camminare, guardandosi indietro di tanto in tanto, per il timore che i suoi rapitori potessero decidere di aver commesso un errore a lasciarla andare e tornassero a cercarla.

Non sapeva per quanto avesse camminato, dato che si perdeva il senso del tempo sopportando il dolore che attanagliava il corpo, ma a un certo punto vide un'auto in lontananza andare verso di lei.

Melody si fermò e si spostò in mezzo alla strada; le possibilità di chi guidava la macchina erano di investirla o fermarsi. E se quelli fossero stati i suoi rapitori, avrebbero sicuramente scelto la prima opzione. Ma era allo stremo delle forze, non sarebbe riuscita a fare un altro passo.

Con suo immenso sollievo, l'auto rallentò mentre si avvicinava. C'era una donna al volante e Melody notò due bambini piccoli sui seggiolini dietro.

La donna fermò la macchina e la fissò scioccata.

Melody non si mosse. Non voleva sembrare una minaccia, soprattutto per una mamma con dei bambini. Quello le fece pensare alle sue figlie, e all'improvviso fu dannatamente grata che Hope non fosse stata con loro. Che le fosse stata risparmiata quell'esperienza.

«Per favore» disse, alzando la voce nella speranza di essere sentita attraverso i finestrini chiusi e al di sopra del rumore del motore. «Ho bisogno di aiuto.» Allargò addirittura il braccio per dimostrare di essere disarmata.

La donna abbassò il finestrino di un paio di centimetri dal lato guida e gridò: «Chiamo la polizia!»

Melody annuì, il sollievo le fece girare la testa. O forse era colpa dei dolori causati dall'essere stata spinta fuori da un veicolo in corsa. Però non osò muoversi dal centro della strada, terrorizzata che la donna potesse allontanarsi e non fare ciò che aveva promesso... ovvero chiamare la polizia.

La osservò portarsi un telefono all'orecchio e muovere le labbra. Melody mantenne il contatto visivo con la sua salvatrice, non volendo rischiare di distogliere lo sguardo per paura che fosse un'illusione. Un miraggio. Qualcosa di inventato dalla sua mente in preda alla sofferenza.

Alla fine, la donna aprì con cautela la portiera e scese dall'auto, rimanendo lì accanto con il telefono all'orecchio. «Il 9-1-1 vuole sapere che problema c'è» gridò.

Melody avrebbe voluto crollare a terra. Arrendersi all'incoscienza che aleggiava ai margini della sua mente, ma si costrinse a rimanere in piedi. A restare cosciente.

John aveva bisogno di lei. «Io e mio marito siamo stati rapiti. Mi hanno spinta fuori dal furgone, ma lui è ancora lì. Per favore, ha bisogno di aiuto!»

«Come ti chiami?» Ora la voce della donna era più gentile. Si allontanò persino un po' dall'auto.

«Melody Keegan. Mio marito si chiama John. Viviamo a Washington. Era un furgone bianco. C'erano tre uomini, no... quelli erano nel furgone. Penso che fossero cinque o sei in totale. Accidenti. Non sono sicura al cento per cento di quanti ce ne fossero.»

La donna le si avvicinò, continuando a parlare con l'operatore del 9-1-1, riferendo le informazioni che Melody le aveva dato, poi aggiunse: «Sembra ferita gravemente. Sta sanguinando e il suo braccio non pare a posto. Per favore, sbrigatevi.»

«Grazie» sussurrò Melody, più che grata che quella donna si fosse data da fare per aiutarla. Le venne in mente che prima avrebbe potuto facilmente evitarla, perché in realtà lei non era nelle condizioni di costringere qualcuno a fermarsi.

«Vuoi sederti?» le chiese, indicando il ciglio della strada.

Melody scosse la testa. Voleva un sacco di cose in quel momento, ma sedersi non era una di quelle. Voleva John. Per la prima volta, fu pervasa davvero dal terrore. Non aveva idea di come vivere senza di lui. Era stato la sua roccia per così tanto tempo. Doveva stare bene. *Doveva.*

Suo marito era l'uomo più forte che avesse mai conosciuto. Ne sarebbe uscito. Presto quello non sarebbe stato altro che un brutto ricordo. Sarebbe tornato nel suo seminterrato a scandagliare internet e il dark web alla ricerca di informazioni, e ad aiutare a trovare coloro che avevano più bisogno di lui.

Non le sfuggì l'ironia del fatto che in quel momento fosse *John* quello che aveva bisogno di essere trovato. Che lei sapesse, non aveva un localizzatore addosso. Inoltre, anche se ne *avesse* avuto uno, lei non aveva idea di come usare il software sui suoi computer. Sapeva navigare, fare acquisti, inviare mail, usare i social e le chat, ma era tutto.

Melody si rese conto che se la polizia non fosse riuscita a rintracciare suo marito entro poche ore, avrebbe dovuto chiamare rinforzi. John aveva una vasta cerchia di amici e conoscenze. Persone che aveva aiutato in passato e che sperava non avrebbero esitato a ricambiare il favore. Non aveva idea di come mettersi in contatto con tutta quella gente, ma sapeva da chi iniziare.

Da Wolf. Matthew Steel. Uno dei suoi più vecchi e cari amici. Lui e i suoi compagni di squadra SEAL, tutti in pensione, avrebbero saputo cosa fare.

Quando sentì le sirene in lontananza, il dolore che le attanagliava il corpo aveva sopraffatto quasi tutto il resto.

Un altro minuto. È tutto ciò che devi sopportare. Resta cosciente ancora un minuto. Giusto il tempo di dire alla polizia del mattone. Di avvertirli del DNA e delle impronte. Poi puoi chiudere gli occhi e dormire.

No, non puoi dormire. Devi dire loro cos'è successo.

Altri due minuti, allora. Tutto qui. Puoi farcela. Devi restare sveglia, Hope sarà preoccupata quando tornerà a casa e non ti troverà. Devi stringere i denti, Mel. Chiama Amy, chiedile di andare a prendersi cura di Hope se non torni a casa in tempo. Oh! La spesa! Andrà a male se non la metti via. Amy può fare anche quello...

Melody era consapevole che i suoi pensieri saltavano da un argomento all'altro. Ma era l'unico modo che le permetteva di distogliere la mente dall'agonia che peggiorava di secondo in secondo. Mentre l'adrenalina si affievoliva, il dolore stava diventando quasi insopportabile.

Doveva dire alla polizia di contattare la sua migliore amica: Amy Smith. Ames si sarebbe occupata di Hope, della spesa, della sua macchina e di chiamare Akilah per farle sapere cos'era successo. Avrebbe pensato a tutto.

Rimanere in piedi quando l'ambulanza e la macchina della polizia si fermarono lì accanto fu una tortura.

Aspettò che andassero da lei. Non appena si avvicinarono, iniziò a parlare. Raccontò loro tutto ciò che le turbinava nella testa. Perché aveva la sensazione che non appena i medici avessero iniziato a prendersi cura di lei, il dolore sarebbe stato troppo forte e non sarebbe riuscita a rimanere cosciente. Anche se ce l'avesse fatta, gli antidolorifici che sperava tanto le avrebbero somministrato le avrebbero annebbiato la mente.

Aveva una sola possibilità di dare loro più informazioni possibili in modo che potessero trovare John. Non lo avrebbe deluso. Per niente al mondo.

CAPITOLO TRE

QUANDO TEX riprese conoscenza realizzò alcune cose contemporaneamente.

Uno, era nudo; gli avevano tolto tutti i vestiti, persino la biancheria intima.

Due, quei bastardi gli avevano preso anche la protesi; l'unico modo per uscire da dov'era trattenuto sarebbe stato saltellando, il che lo fece incazzare.

Tre, era maledettamente buio pesto.

E quattro, c'era della musica heavy metal così alta che sarebbe stato impossibile sentire qualcuno parlare, anche se si fosse trovato proprio di fronte a lui.

Tastando con le mani tentò di capire dove si trovava. Si trascinò come meglio poté, cercando di raggiungere un muro, una finestra o altro. Ma non c'era nessuna finestra. Nessun mobile. Niente. Si rese subito conto di essere in una sorta di cassa. In base alla sua altezza e al fatto che stando sdraiato sulla schiena né la testa né i piedi toccavano le estremità, ma se allungava le braccia sopra la testa poteva toccare la parete, pensò che lo spazio in cui si trovava fosse più o meno lungo due metri e largo uno. Non riusciva a stare in piedi, ma almeno non era una cazzo di bara. Avrebbe potuto mettersi in ginocchio e fare allungamenti. Stimò che fosse alto circa un metro e mezzo.

Tutto là. Quelle erano le informazioni che aveva sulla sua attuale situazione. Non aveva idea di chi lo avesse rapito, cosa volessero o dove fosse Melody. Era quell'ultima cosa che lo lacerava. Si era fatta male quando l'avevano spinta fuori dal furgone?

Sbuffò. Che domanda stupida. *Certo* che si era fatta male. Era stata gettata fuori da un cazzo di veicolo in corsa!

Tex era stato fatto prigioniero quando era un SEAL, e aveva a che fare con persone che venivano rapite ogni giorno. Ma ora era diverso... e non perché ci fosse *lui* in quella fottuta cassa. Fu pervaso da un senso di inquietudine. Non aveva informazioni. Niente su cui basarsi per cercare di capire chi lo avesse rapito e perché. Nessuno aveva detto molto quando lo avevano picchiato. Secondo la sua esperienza, la natura umana portava i rapitori a sfogarsi, a esprimere il loro rancore quando sequestravano qualcuno, o almeno quando lo avevano sotto controllo. Il fatto che quelle persone non lo avessero fatto era... preoccupante.

«Ehi!» urlò, sperando di attirare l'attenzione di qualcuno. Era un rischio, perché se avessero saputo che era sveglio avrebbero potuto decidere di fargli ancora più male. Ma sperava che più avessero interagito con lui, più informazioni avrebbe avuto da usare contro di loro.

Ci riprovò, anche se sentiva a malapena sé stesso al di sopra della musica.

«C'è qualcuno?» urlò.

Niente. Non ottenne risposta. Nessuno andò a vedere perché stava urlando.

Usando le mani per tastare tutto intorno, trovò quella che pensava fosse una porta, ma non c'era nessuna maniglia dalla sua parte. Nessuna serratura da forzare. Era davvero bloccato lì.

Tex sospirò e si appoggiò alla parete, scervellandosi per cercare di capire chi avesse avuto le palle di rapire lui e sua moglie in pieno giorno, e nella loro strada residenziale, per giunta. Non gli venne in mente nessuno.

Sì, nel suo lavoro aveva avuto a che fare con un sacco di stronzi. Persone che aveva di sicuro fatto incazzare sventando i loro piani nefasti. Aveva ficcato il naso nei registri finanziari personali e rivelato segreti che quei criminali avrebbero preferito non venissero mai alla luce. Ma non era un idiota. Sapeva come coprire le sue tracce. Non lasciava prove della sua presenza quando scovava delle informazioni online. Inoltre, non c'era molta gente che avrebbe saputo cosa cercare.

Non si era mai fatto pagare da nessuno per trovare le persone. Per lui era semplicemente la cosa più giusta da fare. Ma si faceva *pagare* per i localizzatori e, di conseguenza, nel corso degli anni aveva guadagnato una fortuna. E nel frattempo quei dispositivi erano diventati sempre più popolari, ed erano ormai uno standard nelle comunità delle forze speciali per cui aveva lavorato. Il governo pagava bene per avere i diritti esclusivi sulla tecnologia che aveva creato.

Ovviamente, in quel momento gli sarebbe stato utile uno dei suoi nuovi localizzatori sottocutanei, ma anche se catturava criminali tutto il tempo e sventava i loro piani trovando le persone che avevano rapito, a essere sincero non aveva mai pensato di poter essere *lui stesso* un bersaglio per un rapimento. Ed era stato incredibilmente stupido da parte sua. La sua vita nell'ultimo periodo era molto noiosa... e ne amava ogni secondo. Trascorreva le giornate nel seminterrato, armeggiando con i localizzatori e cercando le persone scomparse, e le serate con sua moglie e sua figlia. Gli ultimi anni erano stati idilliaci; aveva guardato Akilah crescere e sentirsi sempre più a suo agio con sé stessa, aveva visto Melody essere una madre meravigliosa e, naturalmente, aveva riempito di amore Hope, la sua bambina.

Accidenti, il momento più duro vissuto negli ultimi tempi era stato quando Baby, la loro Coonhound, era morta. Aveva vissuto una lunga vita ed era stata irrimediabilmente viziata. Lui e Melody avevano parlato di prendere un altro cane, ma poi avevano deciso di non farlo. Nessuno avrebbe potuto essere all'altezza di Baby, e non sarebbe stato giusto nei confronti di un altro animale essere costantemente paragonato al miglior cane che fosse mai esistito.

Tex si strofinò la testa. Gli faceva malissimo. I bastardi che lo avevano preso non si erano proprio trattenuti quando lo avevano picchiato. Molto probabilmente aveva il naso rotto e ogni centimetro della sua faccia era gonfio e dolorante. Le sue costole erano ammaccate, nel migliore dei casi, incrinate o rotte nel peggiore. Doveva aver lividi su tutto il corpo... ma era vivo. E come diceva sempre alla gente, essere vivi significava avere la possibilità di scappare ed essere salvati. Doveva solo essere paziente. I suoi rapitori avrebbero combinato qualche casino; succedeva sempre.

Ma la preoccupazione che assillava la sua mente era... chi sarebbe stato in grado di scovare gli errori che avrebbero commesso? Di solito quella persona era *lui*. Sapeva trovare un ago specifico in un mucchio di aghi, ma non era ugualmente fiducioso verso i detective della polizia locale. Oh, erano bravi. Ma lui era il migliore. E aveva la sensazione che gli uomini che lo avevano rapito fossero stati pagati abbondantemente per non commettere errori. Il che non prometteva bene.

«Fanculo» disse, incapace di sentire le sue stesse parole a causa della musica che rimbombava tutt'intorno.

C'erano persone che erano brave quasi quanto lui. Pensava che una avesse addirittura capacità superiori alle sue. Se avessero lavorato tutti insieme, sarebbero stati sicuramente migliori di quanto lui avrebbe potuto mai essere. Ma sarebbero stati contattati? Se Melody era stata ferita in modo troppo grave, probabilmente era in ospedale e non sarebbe stata nelle condizioni di rintracciare qualcuno. Sarebbero passati dei giorni prima che i suoi più cari amici si accorgessero della sua scomparsa. Giorni che forse non aveva.

«Merda» disse ad alta voce. Non aveva idea di quanto tempo fosse trascorso da quando era stato tirato fuori dalla sua auto, ma non era positivo che si stesse già deprimendo e lagnando. «Datti una svegliata, Tex» si ammonì. «Melody è intelligente. E forte. Ce la farà.»

Aveva tante domande che gli turbinavano in testa,

ma nessuna era relativa alla capacità di Melody. Si fidava ciecamente di sua moglie.

Un piccolo sorriso si formò sulle sue labbra. Se conosceva bene Mel, stava scatenando l'inferno e dicendo ai poliziotti come fare il loro lavoro. Era sua moglie da molto tempo. *Doveva* essere stata contagiata da qualcosa di ciò che lui faceva. Avrebbe fatto in modo di dare il via alle indagini, non aveva dubbi. La sua Mel avrebbe mosso cielo e terra per trovarlo. Se non ci fosse riuscita da sola, avrebbe contattato chi sapeva avrebbe potuto farlo.

Pensare a sua moglie era sia doloroso sia un balsamo per la sua anima ferita. Sperava che stesse bene fisicamente e che non fosse nelle mani delle stesse persone che lo avevano rinchiuso lì. Aveva sentito quando era stata spinta fuori da quel furgone, ma ciò non significava che qualcun altro non l'avesse presa e portata in un altro posto.

Quel pensiero gli fece venire voglia di vomitare. Sapeva fin troppo bene cosa succedeva di solito alle donne tenute prigioniere. Ma dubitava che gli uomini che lo avevano preso l'avessero passata a un altro gruppo di rapitori spingendola fuori da un veicolo. No, l'avrebbero portata in un magazzino da qualche parte e avrebbero fatto un passaggio di consegne molto meno scenografico e pubblico.

I tizi che li avevano aggrediti mentre tornavano a casa dal supermercato volevano solo lui. Per quale scopo, doveva ancora capirlo, ma lo avrebbe fatto. E loro l'avrebbero pagata. In un modo o nell'altro, l'avrebbero pagata cara, cazzo.

———

Melody era piena di dolori.

Ovunque.

Ma quella sofferenza era una cosa secondaria rispetto all'ansia che sentiva dentro. La polizia continuava a farle le stesse domande. Non era sicura che avessero creduto alla sua stravagante storia riguardo a ciò che era successo.

Li aveva pregati di andare dai suoi vicini e chiedere di visionare le telecamere di sicurezza. Qualcuno aveva sicuramente catturato su nastro parte del loro rapimento. Era così che si diceva? "Su nastro?" No, quello non si usava più. Su pellicola? No, nemmeno la pellicola.

Cazzo, la sua mente continuava a vagare su argomenti a caso. Aveva bisogno di concentrarsi. E le serviva un telefono. Non aveva idea di dove fosse il suo cellulare, probabilmente era ancora in macchina.

«Avete trovato la nostra auto?» chiese.

«Certo. Era nel vostro vialetto» rispose con calma il detective seduto accanto al suo letto d'ospedale.

Melody lo fissò. «Come, scusi?»

«Nel vostro vialetto. È lì che abbiamo trovato l'auto.»

«Avete preso le impronte digitali?»

Il detective la fissò per un tempo lunghissimo senza dire una parola.

«Le ho *detto* che ci hanno strappati via dalla macchina in mezzo alla strada. Se ora si trova nel nostro vialetto, qualcuno l'ha portata lì. Qualcuno che, ovviamente, non sono io e non è John. Potrebbero aver lasciato delle impronte digitali. Mi rendo conto che è un'ipotesi remota perché sembravano molto organizzati e che avessero le idee chiare, ma magari...»

«Stiamo facendo rimuovere la macchina. La scientifica la esaminerà con attenzione.»

Melody annuì, sollevata.

«Stiamo facendo del nostro meglio per cercare suo marito e il veicolo, ma senza una descrizione migliore di "furgone bianco", non so se avremo tanto successo.»

Melody odiò sentirselo dire, ma non fu sorpresa. «Mi avevano messo un cappuccio in testa, non ho fatto in tempo a vedere la targa quando me lo sono tolta. Lo avete trovato? Il cappuccio, intendo.»

Il detective annuì.

«Bene. E il mattone giallo? Anche quello?»

«Sì.»

«Cosa diceva il biglietto?»

«Non lo so. Sarà esaminato anche quello dalla scientifica. Ha fatto bene a non toccarlo. Ora, cosa può dirmi della relazione con suo marito?»

Melody sbatté le palpebre. «La relazione con mio marito?»

Odiava ripetere le sue domande, ma quella era stata così fuori luogo che non era sicura di aver capito bene perché glielo stesse chiedendo. Ma, d'altronde, aveva una commozione cerebrale per aver sbattuto la testa sul marciapiede, mentre rotolava dopo essere stata spinta fuori da un cazzo di veicolo in movimento, quindi non doveva essere troppo dura con sé stessa.

«Sì. Andate d'accordo? Avete problemi di soldi? Uno di voi due ha una relazione extraconiugale?»

Melody era così sorpresa che non riuscì a fare altro che fissare il detective. «Cosa c'entra *tutto questo* con il nostro rapimento? Non dovreste chiedermi se John ha dei nemici? Se conosco qualcuno che avrebbe potuto volerlo rapire? Fargli del male?»

«È così?»

Il tono sospettoso le fece capire per la prima volta che quell'uomo pensava che *lei* avesse qualcosa a che fare con ciò che era successo.

Si sporse in avanti sul letto, e fece una smorfia per il

dolore, ma incontrò lo sguardo del detective. «Lo dirò solo una volta, e poi mi aspetto che lei faccia il suo dannato lavoro e trovi mio marito prima che gli uomini che lo hanno rapito possano fargli del male, o peggio. Io. Non. Ho. Niente. A. Che. Fare. Con. Questa. Faccenda. Assolutamente *niente*. L'unica cosa che voglio è che mio marito torni.»

«Lo voglio anch'io. Ma ho bisogno di informazioni per poterlo trovare.»

Melody si riappoggiò al cuscino, oltremodo infastidita. «Ho bisogno del mio telefono» sbottò. Non sarebbe arrivata a nulla con quel tizio, ora lo aveva capito, quindi aveva bisogno di aiuto.

«È alla stazione. Lo riavrà dopo che avremo ottenuto un mandato per poterlo esaminare.»

Quella fu la goccia che fece traboccare il vaso. Le faceva male la testa. Il suo braccio pulsava e non vedeva l'ora che le mettessero il gesso; stava aspettando che il dottore lo facesse quando il detective le aveva chiesto di parlare. Aveva un dolore lancinante sul fianco. Per non parlare delle abrasioni che aveva su tutto il lato sinistro del corpo, che le davano la sensazione che le avessero strappato via la pelle lentamente e dolorosamente... forse perché era proprio così.

«John e io siamo più innamorati oggi di quando ci siamo sposati, se possibile. No, non abbiamo problemi di soldi e nessuno dei due ha una relazione extraconiugale. Ho bisogno dei numeri che ci sono nel mio telefono così posso fare qualche chiamata.»

«John ha un'assicurazione sulla vita?»

Basta. Melody era decisamente stanca di quel tizio.

«Vada via» sibilò. «Questo interrogatorio è concluso. Immagino di non essere in stato di arresto, quindi non voglio più parlare con lei. Quando riuscirà a connettere il cervello, me lo faccia sapere e sarò felice di parlarle di nuovo. Trattarmi come una sospettata invece che come qualcuno che è stato rapito e spinto fuori da un dannato veicolo è stupido, e non la aiuterà minimamente a trovare mio marito.»

«Mel!»

L'urlo di Amy, la sua migliore amica, proveniente dalla porta fu il suono più dolce che Melody avesse sentito nelle ultime ore. «Ames!»

L'espressione devastata sul volto dell'amica le disse tutto ciò che aveva bisogno di sapere riguardo all'aspetto che aveva. Amy oltrepassò il detective, che si era alzato per indietreggiare, e si sporse sul letto. La abbracciò con molta attenzione, e anche se le fece male, niente era mai stato anche così bello.

«Se ricorda qualcos'altro, per favore mi chiami» disse l'agente. «Lascio il mio biglietto da visita qui sul comodino.»

«E come potrei chiamarla? Avete voi il mio telefono, ricorda?» rispose Melody con sarcasmo.

Il detective si limitò semplicemente ad annuire, poi uscì dalla stanza.

«Aspetta, se ne va? E la sicurezza? Le guardie del corpo? Gli stronzi che ti hanno fatto tutto questo potrebbero tornare e prenderti di nuovo!» esclamò Amy.

«Mi hanno spinta fuori da un furgone in corsa, Ames. Non credo che vogliano me.»

«E se invece ti volessero?» ribatté lei. «Se ti stessero solo torturando o qualcosa del genere?»

Melody non voleva nemmeno pensarci. «Hai visto Hope?» Aveva chiesto al personale dell'ospedale di contattare Amy e chiederle di controllare sua figlia. L'ultima cosa di cui aveva bisogno era che fosse stata rapita anche Hope.

«L'ho vista. È a posto. È a scuola per l'allenamento di pallavolo. Le ho detto che eri stata coinvolta in un incidente, ma che stavi bene, che mi hai detto di dirle di restare a scuola. Ho anche parlato brevemente con la sua allenatrice e le ho spiegato cos'è successo. Ha detto che l'avrebbe sorvegliata come un falco per assicurarsi che non le succedesse niente. Andrò a prenderla dopo l'allenamento e la porterò qui, così potrai spiegarle l'accaduto. Poi potrà tornare a casa con te.»

«Grazie» disse Melody, profondamente sollevata di

avere un'amica così straordinaria su cui contare. Non voleva nemmeno pensare che Hope fosse nelle mani delle stesse persone che avevano preso lei e John, e si sentiva molto meglio sapendo che qualcuno la stava tenendo d'occhio.

«Ora, come sta andando la ricerca di John?»

«Il detective voleva sapere se uno di noi due ha una relazione extraconiugale e se lui ha un'assicurazione sulla vita... insinuando che io avessi qualcosa a che fare con tutta la faccenda. Mi serve il mio telefono, Amy. Almeno i numeri. Devo chiamare alcuni degli amici di John. Ha bisogno di loro.»

Amy aveva un'aria molto incazzata. «Che stronzo! Tu e John siete la coppia più solida che abbia mai incontrato. Dov'è il tuo telefono?»

«Alla stazione di polizia.»

Amy fece una smorfia. «Merda. Non credo che quel detective sia uscito per andare a prenderlo e portartelo.»

Melody scosse la testa, ignorando il dolore che le causò farlo.

«Giusto. Ma... l'anno scorso ti sei comprata un cellulare nuovo, no? Cosa ne hai fatto del vecchio?»

«Penso che sia in cucina, nel cassetto delle cianfrusaglie. Ho detto a John che dovremmo cancellare tutti i dati e venderlo, ma lui mi ha spiegato che non si cancella mai tutto veramente e che i dati possono comunque essere scaricati, se qualcuno sa come fare.» Non le dispiaceva parlare di John, era doloroso, ma anche confortante in quel momento. Probabilmente era più preoccupato per lei che per ciò che sarebbe capitato a lui.

«Perfetto. Vado a prenderlo. Sicuramente è scarico, ma lo caricherò mentre torno qui. Ci sono ancora tutti i tuoi contatti e il resto, giusto?»

Melody si rianimò. «Sì. Sei un genio!»

Rimase scioccata quando gli occhi di Amy si riempirono di lacrime. «Sono così contenta che tu stia bene. Mi sono davvero spaventata quando mi hai chiamato per dirmi cos'era successo. So che fa schifo che tu sia rimasta ferita, ma sono davvero felice che non abbiano preso anche te.»

«Mi hanno presa solo per far sì che John fosse compiacente» sussurrò Melody, più sicura di quello che di qualsiasi altra cosa. «Ha lottato duramente, ma non appena ha visto che avevano preso anche me, si è arreso. È andato con loro senza creare ulteriori problemi.»

«Merda.»

«Già.»

«Hai idea di chi possa averlo rapito?»

«Nessuna.»

«Ok. Hai bisogno del tuo telefono. Torno subito.»

«Grazie, Amy.»

«Non serve ringraziare.»

«Ora sembri John.»

Le labbra di Amy ebbero un guizzo. «Questo perché gli sono stata intorno quasi quanto sono stata intorno a te. Hashtag migliori amiche per la vita» disse, usando le stupide parole che si dicevano fin da quando si erano conosciute da ragazzine a scuola. In realtà quella era una delle varie cose che avevano fatto incazzare la stalker di Melody tanti anni prima, ma si erano rifiutate entrambe di smettere di usare quelle frasi.

«Hashtag ti voglio bene» sussurrò lei, sentendosi improvvisamente esausta.

«Di' al dottore che è meglio che sia gentile con te, o dovrà rispondere a me» disse Amy con foga. Poi le strinse brevemente la mano buona e si precipitò fuori dalla stanza.

Melody chiuse gli occhi. Non era abbastanza forte per sopportare quella situazione. John la elogiava sempre dicendo che era una delle donne più forti che avesse mai conosciuto, ma non era vero. Non proprio. Avrebbe solo voluto chiudere gli occhi e dormire, bloccare fuori tutto ciò che era successo. Ma non poteva farlo. Lei e John non potevano contare sulla polizia locale. Non aveva dubbi che avrebbero fatto del loro meglio, ma se pensavano che *lei* avesse qualcosa a che fare con la sua scomparsa, erano del tutto fuori strada. E ci sarebbe voluto troppo tempo perché capissero che era completamente innocente e si mettessero quindi sulle tracce dei veri rapitori. Tempo che John non aveva.

Lui era nei guai. Non era sicura del motivo per cui se lo sentisse. Forse perché quegli uomini erano sembrati molto professionali e il rapimento era filato liscio. Se John doveva essere trovato, *vivo*, aveva bisogno di essere cercato dal meglio del meglio. E anche se lei non aveva idea di chi fossero quelle persone, Wolf lo sapeva. Il migliore amico di John aveva informazioni riservate sulla gente con cui suo marito aveva lavorato in passato, che lei non aveva. L'ex Navy SEAL avrebbe saputo chi chiamare, come dare il via alla ricerca per trovare il suo amico.

Ci contava.

CAPITOLO QUATTRO

La porta della prigione di Tex si aprì all'improvviso, e lasciò entrare un raggio di luce che gli provocò un dolore intenso e gli fece chiudere gli occhi d'istinto per proteggersi la vista. In quella frazione di secondo gli afferrarono le braccia e lo tirarono su. La musica si interruppe di colpo e il silenzio che ne seguì fu pura beatitudine, tanto che quasi non gli importò di essere nudo e pieno di lividi e di venire trascinato fuori da quella dannata cassa.

Socchiuse gli occhi, cercando di farli adattare all'improvviso afflusso di luce, e vide che era stato portato in una stanza che non aveva alcun mobile, a parte una sedia di legno... cosa che non prometteva nulla di buono per lui.

In effetti, lo forzarono a sedersi e gli tirarono le mani

dietro la schiena. Gliele legarono, troppo strette, e solo allora i due uomini si allontanarono.

Commisero l'errore di non bloccargli anche la gamba, ma era troppo presto per mostrare le sue carte. Se pensavano che senza la protesi sarebbe stato completamente indifeso, quello avrebbe potuto essere il loro passo falso fatale. Per il momento, aveva bisogno di informazioni. Doveva sapere chi lo aveva rapito e perché.

«Chi siete?» Pensò che, dato che c'era, poteva anche chiederlo. Forse sarebbe stato fortunato e gli avrebbero detto ciò che aveva bisogno di sapere senza indagare troppo.

In risposta, il più alto dei due tizi si fece avanti e lo colpì alla mascella con un forte pugno.

Cazzo. Ok, forse non gli avrebbero detto niente.

Gli uomini si alternarono a colpirlo in faccia, allo stomaco, a tirargli calci... a fargli quanti più danni possibili con i loro pugni. Tex fece del suo meglio per proteggersi gli organi vitali, contraendo i muscoli dell'addome... e per cercare di evitare di farsi rompere la mascella, anche se per quello non era così sicuro di poterci riuscire.

Invece di concentrarsi sul dolore che i suoi rapitori gli stavano infliggendo, fece il possibile per memorizzare tutto ciò che poteva sugli uomini. Erano alti e muscolosi.

Entrambi avevano i capelli castano scuro e gli occhi castani, e la bocca e il naso coperti da dei fazzoletti neri.

L'uomo più basso, che era più o meno alto come lui, circa un metro e ottantadue, era più muscoloso del suo compare. Sudava copiosamente e puzzava di cibo fritto. Aveva dello sporco sotto le unghie e macchie di grasso sulle mani. Portava anche la fede nuziale.

Il tizio più alto, circa un metro e novanta, indossava una maglietta a maniche corte che gli permise di vedere il tatuaggio sull'avambraccio. Rimase sorpreso e perplesso, dato che era il tridente dei SEAL; l'aquila che reggeva il tridente era un simbolo che qualsiasi Navy SEAL avrebbe riconosciuto ovunque.

Alla faccia della fratellanza, pensò, accasciandosi sulla sedia. Il dolore gli rendeva impossibile tenere ancora la testa alta. Durante il pestaggio, nessuno dei due uomini parlò, quindi non gli diedero alcun indizio riguardo alla loro nazionalità o da quale parte del Paese potessero provenire. Non poté scoprire se magari li conosceva, se si erano già incrociati in passato. Aveva lavorato con il tizio più alto? Aveva tenuto d'occhio la sua squadra SEAL mentre erano in missione?

Quando il più basso dei due gli liberò le mani, Tex cadde a terra. Gli faceva male dappertutto. Il sangue gli colava dal labbro e dal naso, e aveva una nuova serie di lividi che coprivano quelli che gli avevano fatto quando lo avevano rapito.

Con la coda dell'occhio vide un piede oscillare, e trovò la forza di rotolare bruscamente di lato, evitando di ricevere in testa la punta d'acciaio dello stivale.

L'uomo più grosso, quello che aveva cercato di dargli un calcio, rise. Fu un suono sinistro, senza pietà o rimorso.

«Torna nella tua gabbia, stronzo» gli ringhiò contro. «Inizia a strisciare.»

Fece come gli era stato ordinato. Se quegli uomini avevano pensato di umiliarlo togliendogli i vestiti e facendolo strisciare sul pavimento, avevano fallito. L'unica missione di Tex era sopravvivere per un altro giorno. Tornare dalla sua famiglia. Nient'altro aveva importanza. Avrebbe fatto tutto quello che gli avrebbero ordinato non appena glielo avessero detto, se ciò fosse servito a farlo tornare da Mel. Aveva totale fiducia nel fatto che sua moglie avrebbe saputo cosa fare per trovarlo. Non si sarebbe mai arresa. Mai. La sua donna era così. Dannatamente forte.

Quando tornò nella sua cella improvvisata, notò che a un certo punto, mentre lo stavano picchiando, qualcuno aveva messo dentro una bottiglia d'acqua. Fu tutto ciò che vide prima che la porta si chiudesse di colpo dietro di lui e che la maledetta musica ripartisse.

Ora sembrava ancora più buio di prima. Tex strisciò fino al punto in cui aveva visto l'acqua e impiegò molto più tempo di quanto avrebbe pensato per aprire quella semplice bottiglia. Pensò che potesse essere drogata, ma a quel punto non gli importava. Ne aveva bisogno. Se voleva tornare da Melody, Hope e Akilah, avrebbe fatto tutto il necessario per sopravvivere.

Il suo stomaco si contrasse quando arrivò l'acqua, desiderando più sostanza di quella che il prezioso liquido poteva offrire, ma Tex scacciò il pensiero di avere fame. Molto probabilmente la sua permanenza in quella cassa non sarebbe stata breve. Gli uomini che lo avevano preso erano bravi. Troppo bravi.

Ma non conoscevano le persone con cui lui lavorava, che non appena avessero saputo cos'era accaduto lo avrebbero trovato. Non aveva il minimo dubbio. E quando fosse successo... avrebbero scatenato l'inferno sui di loro.

———

A Melody prudeva il braccio a causa del gesso che si stava seccando. Ma non le importava. Amy era tornata con il suo vecchio telefono e per fortuna tutti i contatti erano ancora lì. Incluso quello di Matthew Steel. Wolf. La sua intenzione era stata di chiamarlo non appena avesse avuto il suo numero, ma il medico aveva deciso di dimetterla. Quindi aveva dovuto firmare dei moduli e indossare un camice ospedaliero, dato che i vestiti che portava quando lei e John erano stati rapiti erano insanguinati e strappati, e il detective li aveva presi come "prova".

Era ridicolo che l'uomo pensasse che lei c'entrasse qualcosa. Ma, d'altronde, vedeva il peggio dell'umanità giorno dopo giorno. Cosa mostravano le statistiche? Che oltre il quaranta per cento delle donne sposate assassinate erano state uccise dai loro mariti? Non era sicura di quali fosse la percentuale delle mogli che uccidevano i mariti, ma era ovvio che il detective, per avere delle risposte, dovesse cominciare a indagare da coloro che erano più vicini a John.

Ma non avrebbe trovato nessuno scheletro nel suo armadio. Chiunque avesse compiuto il rapimento era una persona sconosciuta, che covava rancore verso suo marito.

Amy guidò come un'indemoniata mentre la riaccompagnava a casa. Non era contenta che lei avesse voluto tornare lì, ma Melody non riusciva a pensare a nessun altro posto in cui avrebbe preferito essere se non quello in cui era circondata dai ricordi felici di John. Qualunque cosa avesse guardato nella loro casa, l'avrebbe portata a pensare a lui. A dei bellissimi momenti.

«Credo che dovrei rimanere qui con te» le disse Amy, dopo aver finito di perlustrare tutte le stanze impugnando una pala che aveva trovato appoggiata al muro esterno sul lato della casa; un paio di giorni prima John aveva piantato un nuovo albero e non l'aveva più rimessa in garage. Melody avrebbe riso alla vista della sua migliore amica che brandiva minacciosamente la pala mentre apriva ogni porta, ma non c'era niente di lontanamente divertente in quella situazione.

«Qualcuno deve andare a prendere Hope» disse Melody.

«Posso mandare mio marito. Oggi aveva una riunione importante, ma ormai dovrebbe aver finito. Forse. Oppure potrei mandarle un messaggio e procurarle un passaggio fino a casa.»

«Per favore, Ames. Mi fido di *te* e vorrei che andassi tu. Avrà delle domande. Non è stupida. Puoi riportarla qui e le dirò quello che so... che non è poi così tanto. Puoi restare per la notte, e anche tuo marito. In effetti, mi sentirei meglio se lo faceste. Ma mi serve un momento per chiamare uno degli amici di John. Ho bisogno di aiuto. *Lui* ha bisogno di aiuto. Adesso.»

Amy sospirò. «Va bene. Ma inserirò l'allarme una volta uscita.»

Melody annuì, era completamente d'accordo.

Amy si avvicinò al divano, dove l'aveva fatta sedere

quando erano entrate, e la abbracciò di nuovo. «Mi hai spaventata» sussurrò, stringendola forte. «Giuro che il mio cuore si è fermato quando hai detto che eri stata rapita.»

«Lo so. Scusa.»

«Non scusarti!» replicò quasi con violenza. «Non è stata colpa tua. E se avessi chiamato qualcun altro mi sarei incazzata. Ok, prima vado, prima torno. Sei sicura che starai bene finché non sarò qui?»

Annuì. Era un po' nervosa al pensiero di rimanere da sola, ma non appena Amy se ne fosse andata sarebbe stata al telefono con Matthew. Se fosse successo qualcosa, lui lo avrebbe saputo. Non che ciò l'avrebbe aiutata molto, ma non voleva aspettare un secondo più del necessario per far sì che qualcuno più capace di lei o di quel maledetto detective, indagasse su dove diavolo quegli uomini avessero portato John, e perché.

Fece un respiro profondo quando sentì la macchina di Amy uscire dal vialetto e prese il telefono. Non era attivato per il servizio dati, ma poteva usare la chiamata Wi-Fi. Cliccò sul nome di Matthew nella rubrica e trattenne il respiro mentre aspettava che rispondesse.

Il suo cuore batteva troppo velocemente e non sapeva perché.

«Pronto?»

«Matthew?»

«Sì. Melody? Che succede?»

Probabilmente si stava chiedendo perché lo stesse chiamando, dato che nel corso degli anni lei aveva telefonato a Caroline molte volte, ma non ricordava di aver mai contattato suo marito. «Ho bisogno di aiuto. No, *John* ha bisogno di aiuto. È stato rapito.»

«*Cosa*? Rapito?»

«Sì.» Non impiegò molto a raccontargli gli eventi della giornata.

«Cazzo. Stai bene?»

«Guarirò. Ho un braccio rotto, una commozione cerebrale e delle tremende escoriazioni, ma per il resto sto bene. È per John che sono preoccupata.»

«Ovvio. Cosa dicono i poliziotti?»

«Il detective pensa che io abbia qualcosa a che fare con tutta la faccenda.»

Matthew emise uno sbuffo disgustato, che la fece sentire cento volte meglio. «Allora è un idiota.»

Sorprendentemente, si ritrovò a difendere quell'uomo. «Non ci conosce affatto. Per quanto ne sa, posso aver assunto qualcuno per compiere questo rapimento e poi lasciarmi andare.»

«Per spingerti giù da un veicolo in movimento? Neanche per idea.»

«Comunque, so che John ha collaborato con alcune persone che sono brave con i computer, che fanno quello che fa lui, ma non conosco i loro nomi. Lui tiene quella parte della sua vita completamente separata perché vuole proteggermi dagli orrori con cui ha a che fare tutto il tempo. Continuo a dirgli che posso gestire qualsiasi cosa voglia dirmi, ma è testardo e non vuole opprimermi con i dettagli del suo lavoro. Conosci qualcuno che potrebbe essere in grado di indagare su questo caso? Che potrebbe essere in grado di aiutare? Non lo so... persone con cui John ha lavorato in passato, o con cui ha comunicato o altro. C'è chi che potrebbe hackerare il suo computer? Non so se sia possibile, perché stiamo parlando di John, ma non saprei in quale altro modo scoprirlo.»

«So chi chiamare» disse Matthew, con una voce così calma e rassicurante che Melody si rilassò all'istante... e le si riempirono gli occhi di lacrime.

«Ma dubito che qualcuno possa hackerare da remoto il suo computer. È impossibile che Tex lasci un buco nel suo sistema. La gente che chiamerò potrebbe aver bisogno di essere lì di persona. Ti va bene?»

«Certo. Accoglierò con piacere chiunque potrà aiutare» disse, rassicurando il vecchio amico di John.

«Bene. E stasera Caroline e io prenderemo il volo notturno per venire da te.»

«Non è necessario...»

«Stronzate. Saremo lì. Come sta Hope? Akilah lo sa?»

Il solo sapere che l'aiuto stava arrivando le fece quasi

perdere la compostezza. Si asciugò le lacrime dalle guance e tirò su con il naso con discrezione. «Amy è appena andata a prendere Hope, che è all'allenamento di pallavolo. Chiamerò Akilah dopo aver parlato con sua sorella.»

«Va bene. E non sei sola, vero?»

«Be', in questo preciso istante, sì. Ma sono sicura che Amy ha già chiamato suo marito, anche se le ho detto che sarei stata bene, e lui probabilmente sta venendo qui. Tra un po' tornerà anche lei con Hope. E comunque passeranno la notte qui.»

«Non mi piace che tu sia sola in questo momento, ma almeno dimmi che le porte e le finestre sono chiuse.»

«Certo che sì.»

«Bene. Cos'altro puoi dirmi di quello che è successo oggi?»

Il fatto che Matthew fosse tornato a concentrarsi sul caso, le rese più facile parlarne. «C'era un mattone giallo per terra vicino a dove sono stata spinta fuori dal furgone, con un biglietto legato intorno. Non l'ho toccato perché non volevo contaminare l'eventuale DNA o le impronte digitali che potevano esserci sopra. Non ho idea di cosa ci fosse scritto. Pensi che potrebbe essere una richiesta di riscatto? Se sì, perché la polizia non mi ha contattata al riguardo?»

«Non lo so. Ma ti garantisco che prima che finisca la

notte sapremo cosa c'era scritto. Non appena farò qualche telefonata, gli amici di Tex ci penseranno. Te lo faremo sapere non appena lo scopriremo. Ok?»

Gli occhi di Melody si riempirono di nuovo di lacrime. Il supporto incondizionato che Matthew le stava dando era incredibile dopo i sospetti del detective.

«Starai bene mentre ci organizziamo per venire da te?»

«Sì.»

«Ottimo. E, Melody?»

«Sì?»

«Tex è il bastardo più duro che conosca. Se c'è qualcuno che può farcela, è lui. Ok?»

«Ok. Ma se volessero ucciderlo?» sussurrò Melody, esprimendo per la prima volta ad alta voce la sua più grande paura.

«Se avessero voluto ucciderlo, lo avrebbero fatto in strada» rispose Matthew con più gentilezza possibile. «Gli avrebbero piantato una pallottola in testa proprio lì, sul sedile della sua macchina. L'hanno preso per un motivo. Forse vogliono dimostrare qualcosa, magari vogliono soldi o forse vendetta. Non ne ho idea. Ma i suoi amici lo scopriranno, e ci assicureremo tutti che ogni singola persona coinvolta in questa storia paghi. Si pentiranno di aver messo le mani addosso a Tex *e* a te.»

Per quando Matthew finì di parlare, il suo tono era

mortalmente duro: un tono che non gli aveva mai sentito usare. Ma invece di spaventarla, la rassicurò. Aveva ragione, gli uomini che li avevano rapiti dovevano volere John per un motivo. I suoi amici dovevano solo capire perché e chi fossero, e poi scoprire dov'era stato portato.

«Melody? Mi senti?»

«Sì.»

«Bene. Fai attenzione. Saremo lì domattina. Ma stai certa che le persone che chiamerò verranno da te non appena dirò loro che Tex è scomparso.»

«Ok.»

«Ok. Ti voglio bene, tesoro.»

«Ti voglio bene anch'io. Ci vediamo presto.»

«A presto» replicò Matthew.

CAPITOLO CINQUE

D opo aver riattaccato, Wolf impiegò diversi minuti per calmarsi. Tex era scomparso. Era stato *rapito*. Se non avesse parlato con Melody e sentito il terrore nella sua voce, avrebbe pensato che fosse uno scherzo.

Tex non era qualcuno che veniva rapito, era l'uomo che trovava quelli a cui succedeva.

La domanda che gli risuonava in testa era... chi? Chi lo odiava così tanto da organizzare qualcosa del genere per prenderlo?

Avvicinò il suo portatile e prenotò rapidamente due biglietti aerei notturni da San Diego a Pittsburgh. Costavano una fortuna, ma Wolf non esitò minimamente a cliccare sul pulsante di acquisto. Il suo migliore amico era scomparso. Avrebbe pagato qualsiasi cifra per arrivare da Melody.

Il passo successivo fu chiamare Elizabeth Turner. Era interessante come il ciclo della vita ti riportava al punto di partenza. Diversi anni prima Beth era stata rapita da un serial killer, insieme alla sua amica Summer, a Big Bear. Si era trasferita a San Antonio, in Texas, per affrontarne le conseguenze, dove aveva incontrato un pompiere di nome Cade. Lui l'aveva aiutata a superare la sua agorafobia e, nel frattempo, era stata presentata a Tex.

Alla fine si era scoperto che Beth era una hacker formidabile. Lei e Tex erano diventati subito amici e, da quello che sapeva, continuava a lavorare con lui di tanto in tanto. Sperava fosse ancora così.

Non ci girò intorno quando lei rispose. «Beth? Sono Wolf... Matthew Steel. Il marito di Caroline.»

«Certo. Come stai?» gli chiese, la curiosità sul motivo della telefonata era evidente nella sua voce.

Decise che dare la notizia brutalmente fosse la cosa migliore. «Mi dispiace che questa non sia una chiamata di cortesia, ma Tex è stato rapito.»

Un silenzio di tomba seguì la sua dichiarazione.

«Beth? Mi hai sentito?»

«Ti ho sentito, ma non so se crederci» rispose.

Wolf procedette a riferire tutte le informazioni che

Melody gli aveva dato su quanto accaduto. «Io e Caroline stasera partiremo per la Pennsylvania per stare con Melody e vedere se possiamo essere d'aiuto. Ma ciò di cui Tex ha davvero bisogno è di qualcuno come *lui*. Qualcuno che possa scovare informazioni. E tu sei stata la prima persona a cui ho pensato.»

«Porca puttana. Tex è stato rapito. Faccio fatica a elaborare la cosa. Ma sì, *certo* che aiuterò. Però, onestamente, c'è qualcuno che è migliore di me con il dark web, una donna di nome Ryleigh. Vive nel New Mexico. Tex l'ha incontrata di recente e mi ha detto che ha persino più talento di *lui* quando si tratta di hackerare e di entrare in sistemi che sono presumibilmente sicuri.»

«È vero! La conosco! L'ho incontrata non molto tempo fa, quando c'è stata una brutta situazione al resort dove lavora. Io e Caroline eravamo lì. Avevo dimenticato che Tex aveva detto che è un genio del computer.»

«Vuoi che la contatti?» chiese Beth.

«No. Ci penso io. Ho bisogno che tu inizi a cercare. Vedi se riesci a trovare qualcuno che prova del rancore verso Tex. Che magari ha postato cazzate online su di lui. Abbiamo bisogno di tutte le informazioni su chiunque potrebbe esserci dietro a questa storia.»

«Me ne occupo subito. Ti dispiacerebbe se venissimo in Pennsylvania anche io e Cade?»

«Lo faresti davvero? Voglio dire... senza offesa, ma

conosco il tuo problema» disse Wolf il più gentilmente possibile.

«Sto bene. Non sto dicendo che voglio andare a vedere una partita dei Pittsburgh Steelers o qualcosa del genere, ma finché Cade è con me e prendo i miei farmaci, posso farcela. Ho fatto molti progressi da quei giorni orribili, dopo che mi sono trasferita qui.»

«Da quello che ho sentito hai fatto un lavoro straordinario. Ti mando l'indirizzo di Melody e Tex. E ora hai il mio numero, così possiamo tenerci in contatto.»

Beth ridacchiò. «Non serve. Posso trovare tutto da sola.»

Per un momento si era dimenticato con chi aveva a che fare. «Ovvio. Va bene, chiamo Ryleigh. Ci vediamo domani in Pennsylvania. E... grazie.»

«Non c'è bisogno di ringraziare. Stiamo parlando di Tex.» La connessione si interruppe e Wolf cercò rapidamente su internet le informazioni di contatto del Rifugio. Lui e Caroline erano andati lì per partecipare a un matrimonio, invece si erano ritrovati nel mezzo di un piano per ottenere vendetta contro la stessa donna con cui ora sperava di parlare. Compose rapidamente il numero e aspettò con impazienza che qualcuno rispondesse.

«Il Rifugio. Come posso aiutarla?» disse la donna che rispose al telefono.

«Mi chiamo Matthew Steel. Devo parlare con Ryleigh, per favore.»

La donna esitò un attimo, poi disse con esagerata cortesia: «Posso chiederle la natura della sua chiamata?»

Wolf fece un profondo respiro. Aveva bisogno di calmarsi e di non suonare come uno psicopatico. «Io e mia moglie Caroline, eravamo lì non molto tempo fa quando Ryleigh stava avendo delle... difficoltà.»

«Oh! Ma certo! Mi ricordo di te. Sono Alaska. Come stai?»

«Non bene. Tex è scomparso. Devo parlare con Ryleigh in modo che mi aiuti a trovarlo.»

«Che diavolo? Tex è scomparso?» Wolf pensò che avrebbe ricevuto quella stessa risposta da tutti quelli con cui avrebbe parlato, perché era davvero incomprensibile che l'uomo che era stato determinante nel trovare così tante persone nella loro cerchia fosse stato rapito. Le riassunse rapidamente la situazione, desiderando ardentemente di parlare con Ryleigh. Ma capiva e approvava che Alaska fosse quella che filtrava le chiamate indesiderate al Rifugio, soprattutto per chi chiedeva di parlare con un membro dello staff. Tutti coloro che vivevano e lavoravano lì avevano vissuto dei traumi, e la prudenza non era mai troppa.

«Se mi dai il tuo numero, posso andare al suo chalet e vedere se è in giro.»

Glielo snocciolò rapidamente.

«Dammi tre minuti. Quattro, al massimo. So che vorrà richiamarti subito» gli disse Alaska.

«Lo apprezzo.» Wolf interruppe la comunicazione e andò in camera per fare i bagagli. Caroline non era ancora tornata, ma avrebbe dovuto rientrare entro poco. Era stata al My Sister's Closet, il negozio di abbigliamento usato della sua amica Julie, nel centro di Riverton, e non voleva darle una notizia così sconvolgente al telefono, mentre era alla guida.

Aveva a malapena riempito metà borsone, e lo stava facendo in fretta, quando gli suonò il telefono.

«Wolf» rispose come saluto.

«Dimmi che è uno scherzo» disse la donna dall'altro capo della linea.

«Ryleigh?»

«Sì. Che diavolo è successo?»

Per quella che sembrò la centesima volta, Wolf spiegò cosa aveva saputo da Melody.

«E Hope e Akilah? Stanno bene? Sono in pericolo? Pensi che chiunque abbia rapito Tex e Melody andrà a cercarle?»

Wolf si sentì gelare il sangue. Il pensiero che una delle figlie di Tex dovesse affrontare il trauma dei loro genitori era inimmaginabile.

«Hope è a posto. Non so niente di Akilah.»

«Ci penso io» disse Ryleigh, e la sentì digitare sulla tastiera in sottofondo. Era un rumore così familiare, qualcosa che aveva sentito così spesso quando aveva parlato con Tex, che si rilassò un po'.

«Ok. Quindi dobbiamo scoprire chi è stato e perché. Questo è il primo passo.»

«Esatto. Ho già parlato con Beth. Elizabeth Turner. Anche lei ci sta lavorando.»

«Ottimo. È fantastica. Ma senza offesa, io sono più brava. C'è stata una richiesta di riscatto o qualche comunicazione da chi l'ha rapito?» chiese, con tono brusco.

«Melody ha detto che sulla strada, vicino al punto in cui è caduta lei dopo che è stata buttata fuori dal furgone, c'era un mattone dipinto di giallo con un biglietto avvolto attorno, ma non l'ha toccato perché aveva paura di contaminare l'eventuale DNA o le impronte digitali.»

«Intelligente. Ok, hackererò i database del dipartimento di polizia e vedrò se qualcuno ha già iniziato a scrivere un rapporto. Forse la scientifica ci sta ancora lavorando.»

Wolf avrebbe dovuto preoccuparsi della noncuranza con cui Ryleigh parlava di hackerare il database di un ente governativo, ma a quel punto non gli importava chi cazzo avrebbe hackerato, purché ciò portasse ad avere informazioni da poter usare per trovare il suo amico.

«Immagino che non indossasse uno dei prototipi dei localizzatori su cui stava lavorando, eh?» chiese Ryleigh.

«Non che io sappia. Ma è possibile.»

Lei fece un borbottio. «Lo scoprirò. Sarebbe molto più facile rintracciarlo se lo avesse con sé.»

Pensò che quello fosse l'eufemismo del secolo.

«Andrai lì? In Pennsylvania?» gli chiese.

«Sì.»

«Penso che dovresti chiamare Baker.»

Wolf ne aveva sentito parlare. Era un ex SEAL che viveva alle Hawaii. Non lo aveva mai incontrato, era più vecchio di lui e dei suoi amici, ma da quel poco che sapeva aveva quasi le stesse conoscenze di Tex. Solo che le sue erano un po' più ... ambigue. Il che avrebbe potuto tornare estremamente utile.

«Buona idea.»

«Ti mando subito il suo numero» gli disse, mentre il telefono gli stava già vibrando in mano. Se lo scostò dall'orecchio e vide che c'era un messaggio da un numero sconosciuto. Immaginò che fosse quello di Ryleigh.

«Non verrò in Pennsylvania. Qui ho tutto ciò che mi serve. Ho maggiore sicurezza sui miei computer, così come sul Wi-Fi. Mi farò sentire.» Poi riattaccò.

Wolf non si offese. In realtà era sollevato dal fatto

che lei e Beth stessero già lavorando per scoprire tutte le informazioni possibili.

Continuò a preparare il bagaglio mentre cliccava sul numero di telefono che Ryleigh gli aveva mandato.

«Che c'è?» rispose una voce maschile profonda e roca. «Chi parla?»

«Mi chiamo Matthew Steel, conosciuto anche come Wolf. Conosci Tex?» Non aveva intenzione di girarci intorno.

«Sì, perché?»

«È stato rapito.»

«Ma che cazzo dici!?» esclamò Baker. «Dove?»

«Nella strada davanti a casa sua, in Pennsylvania.»

«Cosa si sta facendo al riguardo?»

L'uomo non fece nemmeno domande su come si fosse svolto il rapimento. Era già al lavoro.

Wolf gli disse di aver chiamato Beth e Ryleigh e che lui avrebbe attraversato il Paese il prima possibile.

«Ci vediamo lì. Ci servirà gente sul campo per recuperare il nostro uomo» disse Baker. «Come sta sua moglie?»

«Non molto bene» ammise. «È piuttosto malconcia dato che è stata scaraventata da un veicolo in movimento.»

«Figli di puttana. Pensi che troverebbe strano se mia moglie venisse con me? Non conosce Jodelle, ma la mia donna è molto brava con le persone che hanno subito un trauma, visto che lei ha dovuto gestire il suo.»

Wolf non esitò. «No. Se vuole farlo.»

«Oh, Jodelle vorrà venire, ne sono sicuro. Ci metterò più tempo di te ad arrivare, visto che vengo dalle Hawaii, ma cercherò di essere lì il prima possibile.»

Annuì. Era stata la prima cosa che aveva pensato anche lui, quella di andare in Pennsylvania il prima possibile per stare vicino a Melody. Ma Baker aveva ragione. Sperava che nel frattempo Ryleigh e Beth riuscissero a scoprire dov'era tenuto Tex. Se ce l'avessero fatta, avrebbe avuto bisogno di supporto quando sarebbe andato a recuperare il suo vecchio amico.

«Lo apprezzo.»

«Hai chiamato Rex?»

«Rex?» chiese Wolf. Sembrava che tutti quelli con cui parlava avessero qualcun altro da contattare. A dire il vero, stava diventando fastidioso, ma avrebbe parlato con quante più persone possibile se ciò avesse significato mettere insieme la squadra migliore per riportare a casa Tex.

«Sì. Vive nel Colorado. Gestisce i Mercenari di montagna. Ha connessioni nel mondo del commercio sessuale. Non che io creda che Tex sia stato preso per quel motivo, ma quei delinquenti conoscono sempre persone che conoscono persone. Rex potrebbe riuscire a scoprire se qualcuno ha parlato di un complotto contro Tex.»

Wolf annuì mentre andava in bagno a prendere i suoi articoli da toeletta. «Ho ancora circa cinque minuti, poi mia moglie rientrerà e dovrò darle la brutta notizia. Hai il suo numero?»

«Te lo mando. Suppongo che il numero da cui stai chiamando sia quello giusto a cui inviare il messaggio.»

«Sì.»

«Ok. Ho una mia lista di contatti. Li chiamerò per vedere se sanno qualcosa. Sono uomini e donne che vivono ai margini della società. Riscuoterò tutti i favori che mi devono. Quando arriverò in Pennsylvania, spero di avere una pista.»

A ogni telefonata che faceva, Wolf si sentiva più positivo rispetto alla possibilità di trovare Tex. «Speriamo» replicò.

«Ci vediamo sulla costa orientale» disse Baker, poi chiuse la chiamata.

Il messaggio che gli aveva promesso arrivò un minuto più tardi e, ancora una volta, Wolf cliccò sul numero ricevuto. Aveva solo pochi minuti per parlare con quel Rex, prima che Caroline entrasse dalla porta.

«The Pit.»

Wolf sbatté le palpebre. Non aveva idea di cosa fosse

il The Pit o se l'uomo che aveva risposto fosse la persona con cui doveva parlare. «C'è Rex?»

«Chi parla?»

Wolf fece un respiro profondo e si presentò. «Mi chiamo Wolf. Sono un ex SEAL e un amico di Baker. Ha detto che potresti aiutarmi.»

«Con cosa?»

Non aveva ancora idea se stesse parlando con Rex o meno, ma non poteva perdere tempo. «Il mio amico Tex è stato rapito. Non sappiamo da chi, perché o cosa vogliono, ma Baker ha detto che Rex potrebbe usare i suoi contatti per trovare qualche informazione su questa situazione di merda, perché al momento non abbiamo un cazzo. Tutto ciò che abbiamo è sua moglie malconcia per essere stata buttata fuori da un veicolo in movimento, due ragazze che probabilmente sono spaventate a morte e si chiedono dove sia il loro papà, e il mio migliore amico che è scomparso.

Ora, per favore, mi puoi passare Rex così posso finire questa chiamata e capire come diavolo dire a mia moglie che una delle *sue* migliori amiche è stata brutalizzata, e che l'uomo che ha aiutato a rintracciarla quando *lei* è stata rapita è scomparso?»

«Sono Rex. Mi ci metto subito. Tex è l'unico uomo di cui non ho mai, e intendo proprio *mai*, sentito una cosa negativa. E fidati quando ti dico che ho visto il peggio che l'umanità ha da offrire. Anche Baker è un brav'uomo. Ci sta lavorando?»

«Sì. Ci vedremo in Pennsylvania, quindi se troveremo Tex potrà venire con me a prenderlo.»

«Bene. E lo troverete. Non c'è altra alternativa. Sonderò il terreno. Vediamo cosa sa la gente. Ti serve altro? Persone sul campo?»

Wolf sospirò di sollievo. Avrebbe accettato qualsiasi aiuto avrebbe potuto ottenere. «Informazioni. Ecco cosa mi serve» disse al misterioso Rex.

«Vedrò cosa posso fare. Questo è il numero da usare per contattarti se scopro qualcosa?»

«Sì.»

«Allora mi farò sentire.»

La linea cadde proprio quando sentì Caroline entrare nel vialetto. Gettò la sua busta da toilette nel borsone e lo chiuse, poi se lo gettò in spalla e uscì dalla stanza per incontrare sua moglie. Non sarebbe stata una conversazione facile, e lui la stava già temendo.

CAPITOLO SEI

«Ciao, tesoro» salutò Caroline, entrando in casa.

«Dobbiamo parlare» disse Wolf, non volendo prolungare la cosa.

La sua espressione diventò seria e posò la borsa sul tavolo della cucina, andò con lo sguardo al borsone sulla sua spalla, poi lo portò sul suo viso. «Vai da qualche parte?»

Wolf lo mise giù e le prese la mano. Gliela strinse forte e la condusse al divano, dove la fece sedere accanto a sé.

«Mi stai spaventando. Cos'è successo?»

«Tex è scomparso» rispose Wolf il più gentilmente possibile.

Caroline lo fissò, poi alzò gli occhi al cielo e sorrise.

«Buona questa. Anche se è uno scherzo di pessimo gusto. Cosa vuoi per cena?»

«Sto parlando sul serio, Ice. Tex è scomparso. Prima Melody mi ha chiamato, mi ha detto che erano in auto sulla loro via, sono stati aggrediti e gettati in un furgone. Hanno messo a entrambi dei cappucci in testa mentre venivano portati via. Poi Melody è stata spinta fuori dal veicolo in movimento e i rapitori sono scomparsi con Tex.»

Sua moglie lo fissò per un attimo, poi strinse le labbra e i suoi occhi si riempirono di lacrime, ma le trattenne. «Melody sta bene?»

«Braccio rotto, commozione cerebrale, abrasioni. Ma è viva» rispose in modo conciso.

«E le ragazze?»

«Akilah è al college e stanno andando a prenderla per riportarla a casa. Hope è con Amy e suo marito.»

«Tex?» sussurrò Caroline.

Wolf scosse la testa. «Non lo sappiamo. Non abbiamo informazioni.»

Si raddrizzò a sedere. «Nessuna? Chi l'ha rapito? E perché? Vogliono soldi?»

«Non lo sappiamo ancora. Ma ci sono delle persone che se ne stanno occupando, tesoro.»

«Chi? Quali persone? Tex non può essere scomparso! È lui che trova la gente che scompare!» Il suo tono si era alzato e sembrava quasi isterica quando continuò. «Aveva con sé un localizzatore? Insiste con tutti perché ne portino uno, ma scommetto che lui non l'ha messo, vero? Sarebbe di grande aiuto se mettesse in pratica ciò che predica! Pensa di essere invincibile?»

Wolf prese il viso di Caroline tra le mani e si chinò. «Ci sto lavorando» le disse con fermezza.

Guardò la donna più forte che avesse mai incontrato, sua moglie, l'amore della sua vita, cercare di ricomporsi; lei chiuse gli occhi, fece un respiro profondo e gli afferrò i polsi. Quando li riaprì, aveva di nuovo il controllo delle sue emozioni. «Ovvio. Quando parte il tuo aereo?»

Ecco cosa amava di Caroline. Era una persona equilibrata. Gestiva bene le situazioni di stress. Dio sapeva che si erano incontrati nella situazione più stressante che avrebbe potuto immaginare. Prima i terroristi che avevano preso il controllo dell'aereo e drogato i passeggeri. Poi c'era stato il capanno in cui era stata nascosta, che era esploso, e Caroline lo aveva salvato dall'incendio che ne era seguito... e *poi* era stata rapita mentre lui era a terra privo di sensi. E, naturalmente, tutta la faccenda dell'essere gettata in mezzo all'oceano, mentre era legata e con dei pesi intorno alle caviglie.

Sì, la sua Ice era forte come una roccia, e Melody aveva bisogno di lei. Accidenti, *lui stesso* aveva bisogno di lei.

«Tra un paio d'ore.»

«Vengo con te» lo informò.

«Certo che sì» replicò con calma.

I suoi occhi si riempirono di nuovo di lacrime. «È davvero scomparso?»

«Sì.»

«Merda, Matthew.»

«Lo so.»

«Lui è quello che chiamiamo tutti quando le persone che conosciamo hanno bisogno di aiuto. Chi dobbiamo chiamare quando il cacciatore diventa la preda?»

«Tutti» rispose Wolf con convinzione.

«E hai chiamato tutti?»

«Non ancora. Anche se sembra così. Ho contattato le persone che possono aiutare di più nell'immediato. Beth nel Texas, Ryleigh del Rifugio, Baker alle Hawaii, Rex in Colorado... ci stiamo tutti lavorando, tesoro.»

Lei tirò su con il naso, poi annuì. «Devo fare i bagagli.» Caroline si sporse in avanti e appoggiò la fronte contro la sua. Rimasero seduti così per un attimo, poi lei si alzò di colpo. «Melody deve essere spaventata. Non posso credere che l'abbiano buttata fuori da un veicolo in corsa! Che *stronzi*! Vengono anche gli altri? Dude, Benny, le ragazze?»

«No, solo noi. L'ultima cosa di cui Melody ha bisogno

è di doversi preoccupare di una casa piena di persone da ospitare.»

«Hai ragione. Ma se Tex avesse bisogno di aiuto? So che sei tosto e tutto il resto, ma mi sentirei meglio se tu avessi un po' di supporto.»

Dio, amava quella donna. «Quel tizio che ti ho accennato prima... Baker, verrà anche lui.»

Caroline sollevò un sopracciglio. «Uno solo? Tutto qui?»

«Che tu ci creda o no, spero che alla fine nessuno di noi sia necessario. Ma se avremo bisogno di aiuto, sai che non esiterò a chiamare i ragazzi. Magari Tex riuscirà a scappare da solo o qualcuno troverà le informazioni di cui abbiamo bisogno per far sì che la polizia arresti i responsabili.»

«Oppure potrebbe essere...»

Wolf le mise una mano sulla bocca, in modo che non finisse la frase. «Non lo è. Stiamo parlando di Tex. Probabilmente sta soffrendo, ma finirà *bene*.»

Sperò che pronunciare quelle parole ad alta voce le avrebbe rese vere.

Caroline si tolse la mano di Wolf dalla bocca. «Le statistiche dicono che se qualcuno non viene trovato entro quarantotto ore, il più delle volte molto meno, è probabile che sia stato...sai.»

«Penso che questa statistica si applichi soprattutto a

donne e bambini. Persone rapite per motivi sessuali. Questo caso è diverso.» Wolf stava sparando stronzate. Non aveva informazioni sul perché Tex fosse stato rapito, ma era abbastanza sicuro che non riguardasse il sesso. Non era più un ragazzino. Nessuno di loro lo era. Non riusciva a immaginare una situazione per cui qualcuno si fosse spinto a tanto per rapire un duro come John Keegan. Ma un uomo con le conoscenze che aveva lui, con la sua abilità intellettuale? C'era un motivo per cui era stato rapito, e Wolf era abbastanza sicuro che non fosse solo per poterlo uccidere subito.

Caroline lo fissò per un lungo momento, e alla fine annuì. «Vado a fare la valigia.»

«Okay, Ice. Andremo all'aeroporto non appena avrai finito.»

«Posso chiamare le ragazze? O magari solo Fiona? Sarà quella che la prenderà più male. Sai cos'ha fatto Tex per lei quando ha avuto quel flashback appena tornata a casa dopo essere stata rapita.»

Wolf non poteva negare nulla alla moglie. «Solo Fiona.»

«Ti amo, Matthew.»

«Ti amo anch'io.»

«Per favore, ora potresti considerare di avere addosso un localizzatore?»

Wolf non poté fare a meno di sorridere. Ovvio che

sua moglie avrebbe sfruttato la cosa a suo vantaggio. Era stato irremovibile nel non voler fare da cavia per il nuovo localizzatore di Tex: sottocutaneo, minuscolo e non rilevabile dai normali scanner.

«Vai a fare la valigia» la esortò, sapendo che altrimenti le avrebbe dato la risposta che lei voleva; se Tex fosse stato trovato, sarebbe stato felice di fare da cavia per l'ultima innovazione del suo amico per quanto riguardava i localizzatori.

Quando lei si allontanò, tirò di nuovo fuori il cellulare dalla tasca. Doveva avvisare Cookie che sua moglie stava per ricevere delle brutte notizie e che avrebbe avuto bisogno di averlo al suo fianco non appena avesse finito di parlare con Caroline.

———

Tex trattenne il gemito che minacciava di uscire. Gli pulsava la testa. Quella dannata musica non si era fermata per un secondo dopo che era stato rimesso nella cassa. Non aveva idea di quanto tempo fosse passato, ma pensava che non fosse molto. Era notte? Si chiedeva cosa stesse facendo Melody. Se avesse detto a Hope che lo avevano rapito. Sperava che anche Akilah stesse bene, era sempre preoccupato per lei dato che viveva lontana per via della scuola.

Si spinse per alzarsi in piedi. Dovette rimanere curvo, ovviamente, e il sudore gli colava dalle tempie mentre si sforzava di sopportare i dolori che provava in tutto il corpo. Doveva restare in movimento. Essere pronto per qualsiasi cosa i suoi rapitori avessero pianificato. Non poteva semplicemente starsene seduto, imbronciato e depresso. No, doveva mantenere il suo corpo in piena forma. Non aveva mangiato niente da quando era lì, ma poteva vivere senza cibo. Senza acqua, invece, era tutta un'altra storia.

Aveva dovuto pisciare in un angolo della cassa, cosa che non lo aveva reso per niente felice. Si chiese se i suoi rapitori avessero pensato a quella parte relativa alla prigionia o se semplicemente a loro non fregava niente se doveva vivere nei suoi escrementi. Probabilmente la seconda opzione.

Tex si scervellò per cercare di pensare a chi potesse esserci dietro il suo rapimento. Aveva avuto a che fare con persone orribili, ma ultimamente non c'era stato nessuno che fosse sembrato peggiore degli altri. Erano pur sempre tutti dei criminali: i rapitori, i trafficanti di sesso, gli spacciatori... e chiunque riteneva fosse giusto usare altre persone per il proprio tornaconto.

Ciò lo portò a pensare a cosa volessero quegli uomini. Se lo avessero voluto morto, lo avrebbero già ucciso. Quello, almeno, era un aspetto positivo di quella situazione di merda. Volevano informazioni? Soldi? Chi lo sapeva? Supponeva che non avesse importanza; era comunque stato rapito.

Tex provò una solidarietà completamente nuova per coloro che aiutava. Soldati, donne, bambini, amici... aveva lavorato duramente dietro le quinte per scoprire perché, dove e chi, ma non si era fermato a pensare veramente a ciò che avevano passato i prigionieri. Supponeva fosse perché, se lo avesse fatto, non sarebbe stato in grado di fare il suo lavoro in modo altrettanto efficace. Ma ora non aveva altro che tempo per pensare a quelle cose.

Adesso gli sembrava di essere stato insensibile. O almeno non abbastanza comprensivo. Stava seduto nel suo seminterrato a digitare sulla sua tastiera, dando le informazioni che trovava a coloro che stavano fuori a fare il duro lavoro di riportare a casa i loro amici o i loro cari.

Giurò tra sé e sé che se fosse uscito vivo da quella situazione, avrebbe fatto di meglio. Avrebbe raccomandato psichiatri, posti come il Rifugio, dove le vittime potevano andare ad affrontare ciò che era successo. Avrebbe fatto più spesso visita alle loro famiglie. Non si sarebbe limitato a dire che era stato fatto un ottimo lavoro e a sfregarsi le mani come se tutto fosse tornato alla normalità.

Per le persone e le famiglie a cui era capitato qualcosa del genere, niente sarebbe stato più normale. Avrebbe dovuto saperlo meglio di chiunque altro.

Fece un respiro profondo e si concentrò in quel posto felice nella sua testa... dove c'era Melody... poi si mise in ginocchio e si preparò a fare delle flessioni. Aveva bisogno di tenersi impegnato, in forze. Non aveva idea di quanto sarebbe rimasto lì, quindi avrebbe fatto tutto il possibile per mantenere il suo corpo in buone condizioni. Avrebbe preso il fatto di non essere già morto come un buon segno. Gli stronzi che lo avevano rapito volevano qualcosa, doveva solo aspettare. Lasciare che i suoi amici capissero la situazione.

Non aveva dubbi che lo avrebbero fatto. Ma aveva una piccola preoccupazione riguardo a quali sarebbero state le sue condizioni quando fosse successo.

CAPITOLO SETTE

MELODY NON AVEVA DORMITO AFFATTO. Non era riuscita a fare nemmeno un pisolino. La conversazione con Hope era stata orribile. Sua figlia non aveva capito appieno ciò che le aveva raccontato, e quando alla fine ci era riuscita, era crollata. John era sempre stato qualcosa di leggendario per Hope. Il suo papino. Sentire che qualcuno gli aveva fatto del male e glielo aveva portato via era stato troppo da sopportare per lei.

Per fortuna Amy era stata lì per aiutare a consolarla. Melody aveva fatto del suo meglio, ma anche lei stava soffrendo ed era ancora sotto shock.

La sua amica aveva preso il controllo della situazione. Aveva preparato della pasta al forno per cena, di cui nessuna delle due ne aveva mangiata molta. Aveva fatto il possibile per rispondere a tutte le domande di Hope e l'aveva aiutata a sistemarsi a letto. Poi, quando Melody aveva parlato al telefono con Akilah, le aveva tenuto la mano mentre spiegava, ancora una volta, tutto quello che era successo quel giorno, minimizzando le proprie ferite per non allarmare la figlia, ed era stata sollevata quando lei le aveva detto che sarebbe tornata a casa il giorno seguente.

Sebbene Amy doveva essere stata esausta, era rimasta seduta con lei fino alle prime ore del mattino. Anche se era stato un sollievo quando alla fine era andata nella stanza degli ospiti, dove suo marito era andato a letto dopo aver effettuato diversi controlli del perimetro della proprietà.

Ma Melody non era andata nella propria camera, anche se aveva promesso alla sua migliore amica che avrebbe aspettato "solo un minuto" e poi lo avrebbe fatto.

Il braccio le pulsava, accidenti, le faceva male tutto il corpo, ma non era quello a tenerla sveglia, era il continuo chiedersi cosa stesse passando John. Dove fosse. Se stesse bene.

Non riusciva a smettere di rivivere tutto ciò che era successo, desiderando di aver fatto le cose in modo diverso, chiedendosi se quel giorno avrebbe potuto avere un altro esito se fosse stata in grado di seminare lo stronzo che l'aveva inseguita. Forse se i rapitori non fossero riusciti a usarla per far obbedire John, lui sarebbe riuscito a scappare. O magari avrebbe potuto attirare l'attenzione di uno dei vicini, che avrebbe chiamato la polizia.

Inoltre, non riusciva a smettere di chiedersi perché fosse accaduto. Cosa potessero mai volere le persone che li avevano aggrediti per poi rapire John. A essere sincera, tutti quei dubbi la stavano facendo impazzire. Aveva bisogno di informazioni. Doveva sapere perché era successo.

Melody era in cucina, in piedi, con una tazza di caffè in mano, e stava fissando fuori dalla finestra con uno sguardo perso quando bussarono. Si spaventò così tanto che sussultò e quasi lasciò cadere la tazza. Fissò la porta per un tempo lunghissimo, timorosa di muoversi. E se gli uomini si fossero pentiti di averla lasciata andare e fossero tornati a prenderla?

No, era stupido. Non avrebbero bussato a quella dannata porta. Fece un respiro profondo, cercò di rallentare il battito del suo cuore e posò la tazza di caffè, indecisa sul da farsi.

«Mel? Sono io, Caroline. E Matthew.»

Ogni muscolo del suo corpo si rilassò e praticamente corse all'ingresso. Sentì Amy dietro di lei chiedere chi avesse bussato, ma Melody non si fermò. Per poco non si dimenticò di spegnere l'allarme, poi sbloccò il chiavistello e spalancò la porta. Non appena vide Caroline e Wolf, scoppiò a piangere. Era riuscita a tenere duro abbastanza bene, ma vedere il vecchio amico di John la fece crollare completamente.

Caroline entrò in casa e la abbracciò, riportandola all'interno per poi farla sedere sul divano. Melody continuò a piangere per diversi minuti, ma poi riuscì a riprendere il controllo delle sue emozioni.

«Mel, hai dormito un po' stanotte?» le chiese Amy.

Pensò di mentire, ma quelle erano le sue amiche. Le sue rocce. Così scosse la testa.

«Ok. Per prima cosa... farai un pisolino» annunciò Caroline, alzandosi e tirando su Melody con sé. Mentre percorrevano il corridoio verso la sua camera, esitò.

«Non lì. Io... non posso. Non senza John.»

Non ebbe bisogno di dire altro. Caroline si voltò e andò verso la stanza che Akilah usava quando era a casa. Rimase sorpresa quando la sua amica salì sul letto, tirandole la mano. Melody era troppo stanca per resistere, così sospirò e si lasciò abbracciare da Caroline.

«C'è Matthew ora. Penserà lui a tutto» le disse con dolcezza, accarezzandole la testa come se fosse stata una bambina di cinque anni invece che una donna adulta. «Ha contattato tutte le persone che hanno le competenze per trovarlo. C'è un tizio che vive alle Hawaii e che arriverà oggi. Beth e Ryleigh sono delle fanatiche del computer come Tex... senza offesa. E sono *incazzate*. Ryleigh non verrà qui, ma non mi sorprenderebbe se una volta svegliate dal nostro pisolino scoprissimo che hanno già risolto tutta questa brutta situazione. C'è anche un tizio in Colorado che sta parlando con delle sue conoscenze... e credo che ne abbia tante in ambienti non proprio belli.

Quello che voglio dire è... che abbiamo tutto sotto controllo. Tex ha protetto talmente tante persone, per così tanto tempo, che tutti stanno facendo il possibile per proteggere lui. Dormi, Melody. Poi ti sentirai meglio.»

«Voglio che torni a casa» sussurrò.

«Lo so. E anche Matthew e gli altri. Stanno facendo tutto ciò che è in loro potere per far sì che ciò accada.»

Incredibilmente, il solo fatto di sapere che Matthew era lì, che c'erano persone in tutto il Paese che stavano facendo del loro meglio per trovare suo marito, permise a Melody di chiudere gli occhi e dormire. Finalmente.

Qualche ora più tardi, si svegliò sentendosi sorprendentemente molto meglio. Nel suo cuore soffriva ancora e il suo corpo pulsava a causa delle ferite, ma mentalmente si sentiva più forte. Caroline non era più a letto con lei.

Dopo aver usato il bagno si avviò verso il soggiorno,

e rimase stupita nel vedere tutta la gente che si era riunita lì. C'erano ancora Amy e suo marito, così come Matthew e Caroline. Hope e Akilah erano sedute in un angolo a parlare a bassa voce. Ma erano presenti anche altre tre persone che non aveva mai incontrato prima.

Un signore di una certa età con i capelli brizzolati, che era attraente, ma aveva anche un'aura pericolosa che la rendeva nervosa. Era in piedi accanto a una donna con i capelli castano scuro lunghi fino alle spalle. Le ricordava molto Caroline. Aveva un'aria gentile. Sembrava assurdo che riuscisse a capirlo solo guardando qualcuno, ma Melody aveva un talento nel percepire quelle cose.

Poi c'era un altro uomo che sembrava fuori posto. Era appoggiato al bancone della cucina, e osservava tutti. Sembrava un po' disconnesso dagli altri, ma non meno... capace? Melody non sapeva quale altro termine usare per descriverlo. Emetteva le stesse vibrazioni di John e dei suoi amici letali, ma forse erano un po' meno spiccate. Aveva i capelli castani e corti e gli occhi grigi che sembravano notare tutto. Fu il primo a vederla sulla soglia della stanza.

Si schiarì la gola e la indicò con la testa.

«Melody! Sei sveglia!» disse Caroline, affrettandosi verso di lei.

«Mamma!» esclamò Hope, correndole incontro.

Melody abbracciò la figlia e allungò la mano verso

Akilah, che aveva seguito la sorella. Le tre donne Keegan si strinsero per un lungo momento.

«Come state ragazze?» chiese piano.

«Teniamo duro» rispose Akilah. «Tu come stai? Hai una faccia orribile.»

Melody ridacchiò. «Grazie.»

Akilah arrossì. «Mi è uscito nel modo sbagliato.»

«So cosa intendevi. Sto bene. Te lo assicuro.»

«Mamma, tutte queste persone sono qui per trovare papà» disse Hope.

«Lo so, tesoro.»

«Il tizio con i capelli grigi dice un sacco di volte "cazzo"» sussurrò.

Melody sentì delle risate nella stanza. Sua figlia non era stata così discreta come avrebbe voluto essere. «Be', lui è un adulto. Può farlo. Tu no.»

«Lo so.»

Melody alzò lo sguardo e incrociò quello di Matthew. Sembrava impaziente, come se avesse qualcosa di importante da dirle. Con tutte quelle persone lì, sperava che qualcuno avesse informazioni su John. Guardò di nuovo le figlie. «Ho bisogno che voi ragazze restiate un po' nella stanza di Hope. Potete farlo per me?»

«Voglio sapere di papà» si lamentò la più piccola.

«So che lo vuoi, e ti dirò quello che posso, quando

posso. Adesso ho bisogno che tu faccia come dico. Per favore» disse Melody.

Per un secondo pensò che sua figlia, che era un tipo caparbio, avrebbe protestato, invece annuì e la abbracciò un'altra volta. «Ok, mamma.»

«Grazie, piccola.»

«Dai, voglio sapere tutto della scuola, di questo ragazzo che ti piace, delle ragazze cattive e dei tuoi amici» disse Akilah.

Melody era grata di avere una figlia così comprensiva. Non aveva dubbi che ad Akilah non importasse niente di quelle cose, ma era un bene che fosse disposta a lasciare che gli adulti parlassero senza che Hope potesse sentire.

Non appena le ragazze si furono allontanate, Melody si voltò verso Matthew. «Cosa sappiamo?»

«Melody, vorrei presentarti alcune persone. Loro sono Baker Rawlins e sua moglie Jodelle. Vivono alle Hawaii e sono arrivati solo trenta minuti fa. E lui è Cade Turner. Vive a San Antonio con sua moglie Elizabeth. Al momento lei è nel seminterrato e sta cercando di hackerare il computer di Tex. Non so quanta fortuna avrà, ma ha accennato al fatto di lavorare con Ryleigh, che è rimasta nel New Mexico. Sono sicuro che quelle due riusciranno a trovare un modo per entrare.»

Pensare che qualcuno stesse toccando i computer di John la metteva estremamente a disagio, ma scacciò via quella sensazione. Se ciò fosse servito a trovare suo marito, non le importava chi avesse fatto cosa. «Piacere di conoscervi» disse educatamente, annuendo ai nuovi arrivati.

«Ok. Allora, prima ha chiamato Ryleigh, ha scoperto cosa diceva il biglietto legato a quel mattone che hai trovato» disse Matthew.

Melody si irrigidì. «Davvero? Ha parlato con il detective?»

Baker sbuffò. «Cazzo, no. Quello stronzo del cazzo ha le labbra più sigillate del culo di un cammello sotto una tempesta di sabbia. Ha hackerato i file della stazione di polizia.»

Il primo pensiero di Melody fu che Hope aveva ragione. Quell'uomo diceva *davvero* "cazzo" molto spesso. Ma ciò non la infastidì. Per niente. Se mai ci fosse stata una situazione che giustificasse l'uso prolifico di una parolaccia, era quella. «Cosa diceva?» chiese, timorosa di saperlo, ma comunque desiderosa di risposte.

«Vogliono soldi» disse piano Matthew.

Per qualche ragione, Melody si sentì oltremodo sollevata. Se il denaro fosse stato tutto ciò che serviva, avrebbe riavuto suo marito prima che gli accadesse qualcosa di orribile. «Fantastico. Possiamo farlo. Quanto?»

Nessuno incontrò il suo sguardo, e ciò fu il primo

segnale che le fece capire che qualcosa non andava. «Matthew?» chiese.

«Un miliardo» rispose Baker.

Per un istante non elaborò la cifra. Quando successe, barcollò, e Caroline e Amy si precipitarono verso di lei, ma Melody le fermò sollevando la mano. «Un *miliardo* di dollari? Come diavolo possono pensare che abbiamo tutti quei soldi? Voglio dire, John guadagna bene, ma non *così* tanto. È una follia!» Praticamente urlò le ultime parole.

«*È* una follia» concordò Baker. «E sono stronzate. Non vogliono soldi. Cioè, li vogliono, ma sanno anche che sarà impossibile raccogliere quella cifra.»

Melody sentì la bile salirle in gola. «Allora perché? Cosa *vogliono*? E... come mai i poliziotti non mi hanno contattata per informarmi del riscatto?»

Ancora una volta, nessuno la guardò. Si voltò verso Baker. Le sembrava un tipo un po' brusco, e quello che non ci avrebbe girato intorno e le avrebbe detto le cose come stavano. «Baker?»

«Perché probabilmente la polizia pensa che sia uno scherzo. E nemmeno noi siamo ancora sicuri di cosa vogliano veramente, solo che i soldi sembrano una scusa. Ma nel caso non lo fosse, è partito un passaparola per avere un aiuto a raccoglierli.»

Melody sbuffò. «È impossibile riuscire a raccogliere

una cifra del genere» mormorò.

«In realtà, penso che possiamo farcela» disse Matthew. «Si sta spargendo la voce che Tex ha bisogno di aiuto. Stanno arrivando soldi da tutta la mattina. Da *ogni dove*. Ogni persona aiutata da Tex sta facendo il possibile per ricambiare il favore. L'ultima volta che Beth ci ha informati ha detto che c'erano già più di duecento milioni nel conto che è stato aperto.»

Melody barcollò verso il divano e si lasciò cadere sui cuscini. «Davvero?» sussurrò. Una cifra del genere era inimmaginabile per lei.

«Tutti amano Tex» disse Caroline, sedendosi accanto a lei. «E non stanno donando solo le persone che lui ha aiutato. Questa gente sta contattando *chiunque* conosca: CEO, uomini e donne che lavorano per il governo, milionari. Sembra che Tex abbia una certa reputazione, e tutti vogliono assicurarsi di dare una mano nel caso loro, o qualcuno che amano, si ritrovino ad avere bisogno dei suoi servizi in futuro.»

«E ora che facciamo? Se non vogliono davvero dei soldi, come facciamo a riportare a casa John?»

Prima che qualcuno potesse risponderle, il telefono di Cade squillò. Tutti si voltarono nella sua direzione con aria fiduciosa, e lui rispose e mise in vivavoce.

«Siamo tutti in ascolto.»

«Bene, sono riuscita a entrare» disse una donna al

telefono. «Ovviamente, essendo Tex, non ha i file ben organizzati. Sono criptati e tutti nominati in modo strano. Ha delle cartelle che si chiamano "ricette" che ovviamente non sono piene di ricette. A me e a Ryleigh servirà un po' di tempo per vedere se riusciamo a trovare qualcosa, per cercare le centinaia o migliaia di nomi di persone che ha aiutato, e filtrare le informazioni che ha raccolto nel processo di ricerca degli scomparsi.»

«Beth, Melody è sveglia. È qui e sa del biglietto» disse Cade con gentilezza.

«Beth sarebbe Elizabeth, ed è nel seminterrato» la informò Amy. «È troppo complicato per lei salire e scendere le scale ogni volta che trova qualcosa, quindi chiama Cade quando ha bisogno di parlare con noi.»

Melody tirò su piano con il naso. «John fa la stessa cosa. Mi chiama o mi manda messaggi dal seminterrato quando vuole farmi sapere qualcosa. Spesso solo per dirmi che mi ama. Quando faceva quelle chiamate ho sempre pensato che stesse lavorando a un caso particolarmente brutto, e che quindi voleva assicurarsi che sapessi quanto fossi importante per lui.» Anche solo a pensarci le veniva voglia di piangere. Ma sbatté le palpebre per scacciare le lacrime. Non era il momento di farlo.

«Ciao, Melody. Mi dispiace tanto che sia successo. Ma ci stiamo lavorando tutti. Sono entrata nel sistema di sicurezza del tuo vicino, quello meno distante dal luogo in cui tu e Tex siete stati rapiti. Purtroppo ha le telecamere che si attivano con il movimento, non quelle che registrano costantemente. Hanno ripreso il furgone che veniva dritto verso di voi, degli uomini vestiti tutti di nero e con il viso coperto che sono scesi, sono andati sul lato di Tex e lo hanno picchiato. Ti ho vista uscire dall'altro lato dell'auto e scappare fuori dall'inquadratura, seguita da un uomo e successivamente da un altro. Ha ripreso anche un urlo, che forse era il tuo, poi la telecamera si è spenta. C'è un'altra ripresa di trenta secondi dopo, quando un uccello è volato davanti alla telecamera, ma la strada era vuota. Non sono riuscita a ottenere un numero di targa perché *non c'era* nessuna targa. Ma stiamo seguendo altre piste.»

Le speranze di Melody svanirono. Sapeva quanto sarebbero state importanti le telecamere, che avrebbero potuto risolvere praticamente il caso per i poliziotti.... e anche per suo marito.

«Le telecamere del traffico?» chiese speranzosa.

«Ci stiamo lavorando. Ma senza una targa, non sono molto utili. Sappiamo dove ti hanno lasciata andare...»

Melody sbuffò.

«Scusa. Pessima scelta di parole. Dove ti hanno spinta fuori da quel maledetto furgone, e possiamo ottenere i filmati dai minimarket e dalle banche lungo il percorso, ma non so se ci daranno informazioni utili. Penso che sarebbe solo una perdita di tempo, che potremmo usare per fare qualcos'altro» disse Beth.

Era un po' strano parlare con quella donna al telefono quando era letteralmente al piano di sotto, ma Melody aveva avuto un sacco di informazioni in quel breve lasso di tempo, e nella sua mente turbinavano una miriade di pensieri per preoccuparsene.

«Quindi non sappiamo ancora nulla riguardo a chi l'ha preso o a dove si trova?» chiese Melody.

«Non esattamente» si intromise Baker. «Ho sentito Rex stamattina. È in Colorado, e ha parlato con i suoi contatti e fatto ricerche per tutta la notte. È riuscito ad avere le prove del fatto che nessuno dei principali esponenti del traffico sessuale è coinvolto. Pensavamo che potessero esserci di mezzo loro perché Tex ha interrotto molte delle loro operazioni. Ha contribuito a liberare grandi gruppi di donne e bambini facendo perdere un sacco di soldi a quella gente. Ma da quello che Rex è riuscito a scoprire, le persone in quei circoli sanno che è meglio non scherzare con Tex. Sanno di cos'è capace, e sebbene odino rimetterci del denaro, sanno che ne perderebbero molto di più se osassero tentare di toglierlo di mezzo. Inoltre, onestamente, non sono abbastanza intelligenti da riuscire a fare una cosa del genere.»

Melody era sollevata e allo stesso tempo inorridita. «Ok, quindi chi è stato?»

«Ci stiamo lavorando» rispose Beth. «Cambiando discorso, Ryleigh ha detto che Tex non ha addosso uno dei suoi nuovi localizzatori. Mi dispiace.»

«Accidenti» mormorò Melody. Non aveva pensato che lo avesse, ma si era aggrappata alla piccola speranza che forse avesse deciso di testarlo su sé stesso. Avrebbe reso tutto molto più semplice.

«Sto ancora seguendo alcune piste» disse Baker. «Conosco persone invischiate in ambiti piuttosto loschi. Ho riscosso dei favori, e mi risponderanno se e quando avranno qualcosa da segnalare.»

Melody era grata a ogni singola persona presente in quella stanza − e non − per quello che stavano facendo per cercare di aiutare, ma, nel profondo, non poteva fare a meno di pensare che John fosse terribilmente in pericolo.

«Ci sono impronte digitali o DNA sul mattone e sul biglietto?» chiese, conoscendo già la risposta.

«No. Nessuna» rispose Beth.

«E ora che si fa?».

«Continuiamo a raccogliere soldi, a cercare e a esplorare ogni possibilità. Lo troveremo, Melody. Te lo prometto» disse Matthew.

Lei abbassò lo sguardo sulle sue mani. Non era un

granché come piano, ma doveva fidarsi degli amici di John. Volevano trovarlo tanto quanto lei. Doveva essere paziente, ed era uno schifo. Perché pensare a quello che suo marito probabilmente stava passando, mentre i suoi amici lavoravano sul caso, le faceva venire la nausea. Nel profondo sapeva che stava soffrendo. Chiunque lo avesse preso voleva che provasse dolore, che fosse angosciato. Ne era certa dopo aver visto come lo avevano picchiato in macchina e dal modo in cui l'avevano spinta fuori dal furgone davanti a lui con tanta insensibilità.

Un forte bussare la fece sussultare, e vide Baker avvicinarsi a grandi passi alla porta. L'uomo non si preoccupò di guardare dallo spioncino, si limitò a spalancarla. Poi lo sentirono tutti chiedere: «Chi sei?»

«Spostati» sbottò una giovane voce femminile.

Melody guardò verso l'ingresso e vide una donna tra i venti e i venticinque anni entrare nel soggiorno. Aveva i capelli biondo scuro lunghi fino alle spalle e gli occhi azzurri. Indossava degli anfibi, dei pantaloni cargo color cachi e una maglietta nera a maniche lunghe. Nei suoi occhi c'era uno sguardo feroce, mentre osservava tutte le persone presenti nella stanza.

«Annie Fletcher? Che diavolo ci fai qui? Tuo padre sa dove sei?» chiese Matthew.

La giovane lo fulminò con lo sguardo. «Certo che sì. Non appena ha chiamato, ho chiesto un permesso d'urgenza e sono venuta qui. Cosa sappiamo e cosa posso fare per aiutare? E non dire "niente". Non ho più otto anni. Sono una cazzo di Berretto Verde. Forse non sono in grado di hackerare un computer, ma posso comunque aiutare. Soprattutto perché le persone mi sminuiscono sempre finché non si trovano il mio KA-BAR tra gli occhi.»

Melody sbatté le palpebre. Conosceva Annie. John le aveva raccontato spesso storie su di lei. Era estremamente orgoglioso della donna che era diventata. Si era vantato del fatto che fosse salita di grado in fretta, di quanto fosse diventata un'ottima soldatessa. Anche solo superare l'addestramento per diventare un Berretto Verde non era una cosa facile, ma riuscirci come donna era doppiamente notevole. John sembrava pensare che avrebbe continuato a salire di grado e alla fine sarebbe stata al comando della sua unità. Per qualche ragione, la sua presenza lì la fece sentire molto meglio. Il potere che si sprigionava da lei era impressionante.

«Sono dannatamente felice che tu sia qui» disse Baker con un piccolo cenno del capo.

«Non vedo l'ora di incontrarti!» gridò la voce di Beth dal telefono di Cade.

«Allora... cosa sta succedendo?» chiese Annie, concentrandosi subito sul caso.

Melody non ebbe problemi a starsene seduta e a

lasciare che gli altri prendessero il controllo della conversazione e della situazione. Era fuori dalla sua portata e lo sapeva. Era stata una sottotitolatrice per i notiziari e altri eventi... non era un super soldato o un genio del computer. Era molto grata a ogni uomo e donna che stavano lavorando per trovare John, per non parlare di coloro che avevano inviato così generosamente del denaro.

In casa sua c'era il meglio del meglio. Avrebbero trovato suo marito. L'alternativa era impensabile.

CAPITOLO OTTO

TEX AVEVA SUPERATO la fase della preoccupazione, aveva accettato il dolore che stava provando e non gliene fregava niente di essere nudo come il giorno in cui era nato. Ora si trovava nella fase "incazzato nero".

Gli stronzi che lo avevano rapito gli stavano dando il cibo e l'acqua al minimo, giusto per tenerlo in vita... tutto lì. Alla fine gli avevano buttato un secchio nella cassa – un po' troppo in ritardo – perché lo usasse per fare i suoi bisogni, ma non gli avevano ancora detto un bel niente. Pensava che fossero trascorsi alcuni giorni dal rapimento, e riusciva solo a pensare a Melody. A quanto doveva essere spaventata e preoccupata. Si chiedeva se fosse riuscita a contattare qualcuno dei suoi amici. Cosa stesse facendo la polizia per trovarlo.

Non aveva dubbi che fosse in corso una ricerca e, per la prima volta, era *lui* a esserne l'oggetto. Era abituato a stare dall'altra parte, a risolvere indizi e a setacciare i dispositivi elettronici per trovare informazioni. Ora si stava annoiando a morte, e aveva un mal di testa terribile a causa della musica che i suoi rapitori stavano ancora sparando a tutto volume. Aveva pensato che servisse a impedirgli di sentire i rumori che gli avrebbero fatto capire dove si trovava o cosa diceva qualcuno all'esterno del suo piccolo angolo di inferno grande due metri per uno per uno e mezzo.

Non appena ci pensò, la porta della sua prigione si aprì, e quei dolorosi raggi di luce gli colpirono di nuovo gli occhi. Come in precedenza, l'unica cosa che poté fare fu chiuderli per cercare di preservare la vista, e i suoi rapitori ne approfittarono per afferrarlo.

Non furono nemmeno delicati, il che non lo sorprese. Saltellò sul piede mentre veniva trascinato fuori e spinto di nuovo sulla scomoda sedia di legno, per poi essere legato saldamente. Tex era abbastanza sicuro che prima o poi si sarebbe piantato una scheggia, vista la violenza con cui lo maneggiavano. Quel pensiero lo fece quasi sorridere. Sarebbe stato esilarante se quando lo avessero salvato da quella situazione di merda, la sua unica ferita, oltre alle conseguenze delle percosse, fosse stata una cazzo di scheggia nel culo.

Ma il divertimento svanì quando i suoi occhi si abituarono alla luce e vide che nella stanza c'erano più persone di quante ce ne fossero state in precedenza. Vide la sua cassa appoggiata a una parete; qualcuno l'aveva costruita apposta per tenere una persona. Chissà se era il primo "ospite" di quegli uomini, o se era una cosa che facevano spesso.

C'era una finestra, ma era coperta da tende scure. Tex riusciva a vedere un po' di luce filtrare dal fondo, che gli fece capire che era giorno. Avrebbe voluto poter vedere fuori, anche solo per un momento. Era in un quartiere? In una fattoria? In un magazzino? Non aveva modo di saperlo.

Osservò i suoi rapitori e vide che erano tutti vestiti di nero, come il giorno in cui era stato rapito. Indossavano dei guanti e i loro volti erano coperti da una maschera. Era difficile dire di che nazionalità fossero, ma era evidente che fossero tutti caucasici. Era un inizio, e Tex archiviò quelle informazioni.

Uno degli uomini, che sembrava il capo, fece un cenno con la testa a un altro, il quale si avvicinò a uno sgabello che avevano portato in quella stanza altrimenti vuota... vuota a parte quella dannata cassa, la sedia su cui lo avevano fatto sedere e, naturalmente, gli altri quattro tizi.

«Sembra che tua moglie non stia collaborando» disse l'uomo.

Tex non riconobbe la sua voce. Non percepì alcun accento riconoscibile. Aveva bisogno di informazioni e il solo modo per ottenerle era indisporre quel bastardo. Doveva soprattutto fargli ammettere perché l'aveva rapito. Quella era l'unica maniera per cercare di capire chi fossero quegli uomini e che legame avessero con lui. Doveva essercene uno. Era altamente improbabile che avessero scelto a caso di fare un'imboscata alla sua macchina tra tutti i veicoli che circolavano.

«Forse se sapesse chi sei e perché mi hai preso, sarebbe più disposta a giocare al tuo gioco.»

«Come fai a sapere che non gliel'ho già detto?»

Tex fece un sorrisetto. «Perché se lo avessi fatto, saresti morto e io sarei a casa con la mia famiglia.»

La sua affermazione non gli andò giù. L'uomo aggrottò la fronte, e Tex pensò che se avesse potuto vedere anche la sua bocca avrebbe trovato una smorfia contrariata.

«Quanta arroganza» disse, scuotendo leggermente la testa. «Sei sempre stato il figlio di puttana più arrogante in circolazione.»

Quindi, lo *conosceva*. *Sapeva* che era una questione personale. «Abbiamo avuto il piacere di incontrarci?» incalzò. Non pensava che avrebbe risposto, ma poteva sbagliarsi. Ad alcuni uomini piaceva vantarsi di loro stessi e di ciò che avevano fatto. Con un po' di fortuna, poteva essere uno di quelli. Tex non avrebbe potuto fare molto con le eventuali informazioni, non da nudo e chiuso in una cassa, ma quando fosse stato salvato, si sarebbe assicurato che il suo rapitore e tutti i suoi compari non potessero più tormentare nessuno.

«Come ho detto, tua moglie non collabora» ripeté.

Tex aggrottò la fronte. La mancanza di dettagli lo stava logorando. Era un uomo d'azione. Si divertiva a scovare anche la più piccola informazione sul suo bersaglio. Le sue dita fremevano per la voglia di avere una tastiera e un computer, così avrebbe potuto scoprire chi era quello stronzo. Tutto ciò di cui aveva bisogno era una piccolissima traccia da seguire.

«Chiaramente non ti ama quanto pensavi, vero?» gli chiese, a voce più alta.

Tex lo ignorò. Punzecchiarlo con l'amore che provava – o meno – Melody per lui, non avrebbe funzionato. Era molto sicuro del rapporto che aveva con sua moglie. Avrebbe fatto qualsiasi cosa per lei, anche morire se ciò avesse significato che lei sarebbe sopravvissuta. Cosa che sarebbe stata l'ultima spiaggia, naturalmente. Voleva vivere. Davanti a sé aveva ancora molti anni di felicità coniugale da trascorrere.

«Mi stai ascoltando?» urlò l'uomo, perdendo un po'

del controllo che aveva mantenuto da quando lo aveva tirato fuori dalla cassa.

«Sì» rispose semplicemente.

«Abbiamo lasciato un biglietto in cui c'era scritto che ti avremmo restituito se avesse pagato un riscatto. E finora non sembra interessata a fare nulla per riaverti.»

«Le hai detto come contattarti? Le hai lasciato un numero? Una mail? Qualcosa?» domandò Tex, con un tono calmo e piatto. «Perché altrimenti non può dirti che ci sta lavorando, no?» Non sapeva come facesse a sapere esattamente cosa dire per punzecchiarlo, ma era così.

E non si era sbagliato. I suoi rapitori non volevano soldi, altrimenti l'avrebbero chiamata o si sarebbero messi in contatto in altro modo, indicandole un modo per consegnare il riscatto.

Tex vide gli altri uomini nella stanza scambiarsi sguardi confusi. A quel punto fu più che ovvio che non fossero a conoscenza dei dettagli di quel rapimento. Erano solo degli scagnozzi portati lì per intimidire... ed erano chiaramente sorpresi che la richiesta di denaro non avesse incluso per Melody alcun modo di comunicare con il tizio al comando.

«Non ti ama, cazzo!» urlò l'uomo, perdendo finalmente la calma. «L'unica ragione per cui sta con uno *storpio* come te è per i tuoi soldi. Non c'è da stupirsi che non voglia pagare, che voglia tenerli tutti per sé. Probabilmente è sollevata di non dover più vedere il tuo disgustoso moncherino!»

Tex rimase calmo. Niente di ciò che quel bastardo disse colpì nel segno. Melody non aveva alcun problema con la sua disabilità, e di certo non le importava delle sue cicatrici o del suo "moncherino", come quello stronzo chiamava la sua gamba.

Quando l'uomo si accorse che non stava suscitando alcuna reazione da parte sua, emise un sospiro agitato e portò una mano dietro di sé.

Quello fece irrigidire Tex per la prima volta. Sapeva cosa significava quel movimento, e aveva ragione. Il suo rapitore tirò fuori una pistola da una fondina che aveva nella parte bassa della schiena, e la puntò contro di lui.

«Cosa pensi che proverà quando sentirà su una registrazione che ti hanno sparato?» gli chiese, avvicinandosi.

Guardare nella canna della pistola lo fece iniziare a sudare. Non voleva morire, ma non si sarebbe arreso a quell'uomo. Accidenti, non gli aveva nemmeno fatto pressione per ottenere informazioni di alcun tipo, non lo stava minacciando per farlo parlare, quindi non capiva perché il tizio fosse così incazzato. Ma in quel momento si rese conto che l'intera conversazione era stata registrata. Era quello che aveva fatto lo scagnozzo vicino allo sgabello: aveva premuto il tasto "rec" su un cazzo di mangianastri, un dispositivo degli anni Ottanta. Cosa abbastanza intelligente, considerando che Tex e alcuni degli uomini e delle donne con cui lavorava sarebbero stati in grado di rintracciare un file audio inviato via mail.

«Non obbedire!» urlò Tex, sapendo che il suo rapitore aveva intenzione di inviare il nastro a sua moglie per torturarla. Era anche abbastanza sicuro che la sua vita non sarebbe stata stroncata in quel momento. No, quello stronzo non aveva ancora finito con lui. Era solo all'inizio.

«Stai zitto!» gli ordinò l'uomo.

Ma Tex non si fermò. «Ti amo, Mel. Sto bene! Non dare soldi a questo stronzo! Di' a...»

Non riuscì a completare il suo messaggio d'amore per le figlie perché nella stanza risuonò uno sparo.

Impiegò una frazione di secondo per realizzare di non essere stato colpito alla testa, al cuore o all'intestino, punti che sarebbero stati fatali.

No, quel bastardo gli aveva sparato alla gamba. Al polpaccio.

Poi Tex emise un urlo angosciato; il dolore era immenso, quasi travolgente. «Stronzo! Ma che cazzo!» esclamò.

«Forse questo darà alla tua preziosa moglie la motivazione per darci i cazzo di soldi che abbiamo chiesto.»

Attraverso l'annebbiamento causato dalla bruciante sofferenza, Tex vide l'uomo annuire al tizio vicino al registratore, che premette un pulsante e poi raccolse il piccolo dispositivo e uscì dalla stanza.

Quando la porta si aprì, vide quello che gli sembrò un soggiorno, anche se disabitato da un bel po'. Ma non ebbe la possibilità di vedere molto di più perché l'altro, una volta fuori, chiuse la porta.

«Rimettetelo nella cassa. Lasciate che pensi un po' alla situazione» ordinò il capo.

«A cosa dovrei pensare?» sbraitò Tex, lottando contro gli uomini che gli avevano slegato le mani e tagliato la fascetta usata per fissare la sua gamba, ora sanguinante, alla sedia. «Non mi hai fatto alcuna domanda. Non mi hai chiesto di fare niente. Non c'è nulla da pensare, se non a quanto sei codardo! Non mi vuoi nemmeno dire cos'avrei fatto per averti portato a rapirmi!»

«Puoi pensare a come si sentirà la tua preziosa Melody quando riceverà quella cassetta. Quando sentirà lo sparo e il tuo urlo di dolore» ribatté l'uomo senza mostrare alcuna emozione. Poi gli voltò le spalle, mentre lui veniva trascinato di nuovo nella cassa.

Tex si divincolò, ma non servì a niente. Fu letteralmente scaraventato dentro, dove atterrò sul pavimento duro con un tonfo, per poi essere di nuovo rinchiuso nell'oscurità. Un istante più tardi, ripartì la musica ad alto volume.

Tex gettò indietro la testa e urlò tutta la sua frustrazione e il suo dolore.

Il rapitore non si sbagliava riguardo ai suoi pensieri. Riusciva *solo* a pensare alla reazione che avrebbe avuto Melody nel sentire quello sparo, che si sarebbe chiesta cosa diavolo gli avevano fatto, che si sarebbe preoccupata che fosse stato ucciso... e che aveva dovuto sentirlo. Sperava solo che lei fosse in grado di pensare in modo abbastanza razionale da capire che il fatto che lui avesse urlato *dopo* lo sparo, ovviamente significava che non era morto.

Certo, poteva ancora morire dissanguato. Strinse le mani il più forte possibile sulla ferita nel polpaccio per cercare di fermare l'emorragia, e si dondolò avanti e indietro stringendo i denti, attanagliato dal dolore.

In sostanza, ora era completamente inerme. Aveva solo una gamba su cui poter stare in piedi, e il bastardo aveva sparato proprio a quella. Ora l'unico modo per uscire da quella cassa sarebbe stato strisciando... cosa che non avrebbe avuto problemi a fare se lo avesse portato a riuscire a scappare.

Ma non c'era modo di uscire da quel posto, negli ultimi due giorni ne aveva esaminato attentamente ogni centimetro con le mani. L'unica possibilità che aveva di farlo era se qualcuno avesse aperto la porta e lo avesse liberato. Maledizione.

La frustrazione lo divorava. I suoi rapitori avevano il coltello dalla parte del manico, su quello non c'erano dubbi. Aveva bisogno che i suoi amici si sbrigassero a risolvere la situazione. Era ovvio che l'uomo al comando lo conoscesse, e sembrava particolarmente fissato con Melody, il che era terrificante. Forse stava cercando di usare sua moglie per torturarlo, o magari stava progettando qualcosa di più nefasto. Il pensiero che Mel si trovasse nella sua stessa situazione era forse l'unica cosa che avrebbe potuto distruggerlo.

Sperava che qualcuno avesse contattato Ryleigh. La donna era un cazzo di genio con i computer e l'hacking. Se lei avesse esaminato i suoi file, e non aveva dubbi che sarebbe riuscita a entrare nel suo computer senza problemi, avrebbe dovuto essere in grado di trovare qualcosa. Qualsiasi cosa.

Nemmeno gli altri suoi amici erano esattamente degli incompetenti. Elizabeth, Baker, Wolf, Trigger, Mustang, Cookie, Cruz... se avessero lavorato tutti insieme avrebbero potuto risolvere la situazione. Pregava solo che ci riuscissero prima che quel lunatico con un rancore incredibile nei suoi confronti, diventasse un po' troppo felice di premere il grilletto e decidesse di chiudere la faccenda per limitare i danni.

A quel punto era impossibile che lo lasciasse semplicemente andare. No, o i suoi amici risolvevano la cosa o Melody avrebbe seppellito suo marito. Fu quel pensiero, insieme al dolore che provava, a farlo vomitare. Non che ci fosse stato molto nella sua pancia: bile e un po' d'acqua. Non riusciva a sopportare il pensiero della disperazione che avrebbe provato Melody sentendo quella registrazione.

«Dai, ragazzi... ho bisogno che risolviate questa cosa e mi liberiate da qui» disse, incapace di sentire le sue parole a causa del volume dell'heavy metal.

Per una frazione di secondo, pensò a Raiden e Khloe. A quando erano stati gettati nel bagagliaio di un auto con la musica metal, quella più estrema, che rimbombava tutto intorno a loro. Fino a quel momento non aveva capito gli effetti psicologici e fisici che quel genere di cose poteva avere su una persona. Giurò che se fosse sopravvissuto, li avrebbe chiamati e si sarebbe scusato per non averli trovati più in fretta.

Facendo del suo meglio per bloccare fuori la musica, Tex si concentrò sulla gamba. Si toccò il polpaccio dolorante e si rese conto che il proiettile aveva attraversato la parte carnosa, il che era positivo, perché significava che il proiettile non era rimasto dentro.

Quello stronzo era un ottimo tiratore, cosa che non gli diede una piacevole sensazione. Avrebbe potuto sparargli in un punto che sarebbe stato fatale, ma non l'aveva fatto. Aveva scelto invece di infliggergli una ferita superficiale sul polpaccio, anche se molto dolorosa. Tex avrebbe preferito avere a che fare con un dilettante, ma a ogni minuto che passava stava capendo che non era quello il caso. Quel tizio era bravo. Ma lui era sicuro che il suo team fosse migliore; doveva esserlo se voleva uscirne vivo.

CAPITOLO NOVE

Tre giorni.

Se quando tutto era iniziato qualcuno avesse detto a Melody che sarebbe passato così tanto tempo senza che nessuno sapesse dove poteva essere suo marito, avrebbe perso la testa. Ma le giornate erano confuse, dormiva a malapena e doveva sforzarsi di mangiare. Amy aveva portato Hope e Akilah a casa sua per allontanarle dallo stress e dalla preoccupazione costanti che avevano preso il sopravvento sulla famiglia Keegan. Cade era andato con loro per tenerle d'occhio, per assicurarsi che fossero al sicuro, e Rex, il tizio dal Colorado, aveva mandato altri due uomini per aiutare a sorvegliare le ragazze. Melody pensava che glieli avessero presentati come Meat e Arrow, ma non ne era sicura al cento per cento.

Era solo sollevata che qualcuno stesse vegliando sulle sue figlie.

Camminava avanti e indietro, cosa che ormai faceva quasi senza sosta. Probabilmente aveva già fatto ventimila passi quel giorno, ma non riusciva a stare ferma. Non riusciva a smettere di chiedersi cosa diavolo stesse succedendo, dove potesse essere John.

Nel frattempo, persone da tutto il mondo avevano donato quasi settecento milioni di dollari, di cui una somma molto consistente era arrivata da parte di Steve Ballmer, che aveva legami con Microsoft. Persino uno dei miliardari più ricchi del mondo, Bernard Arnault, presidente e CEO della LVMH, la multinazionale proprietaria di settantacinque marchi di moda e prodotti di lusso, aveva trasferito una grossa somma perché una volta si era consultato con Tex per capire come proteggere i suoi cinque figli adulti da rapitori avidi di soldi.

La cosa la lasciava perplessa. Quelle cifre erano incomprensibili per lei, eppure non erano abbastanza. Inoltre, non importava nemmeno, perché non avevano ricevuto istruzioni dai rapitori di John su dove depositare i soldi, né una prova se lui era vivo. Niente.

Nemmeno Beth aveva dormito molto; era stata nel seminterrato quasi ventiquattro ore su ventiquattro e parlava costantemente con Ryleigh, la donna del New Mexico. Insieme stavano esaminando tutti i file di John, cercando di capire chi c'era dietro il rapimento e perché. Ma tutto stava accadendo troppo lentamente per la sua tranquillità. Voleva che lui tornasse. Quel giorno. Subito.

Quando le squillò il cellulare, quello che la polizia le aveva restituito, sollevò la testa di scatto in direzione del suono e si lanciò verso il bancone nella vana speranza che fosse John che le diceva di essere scappato e di andare a prenderlo. Era un pensiero ridicolo, ma comunque non poteva fare a meno di sperarlo.

Ma Matthew si trovava proprio lì accanto e prese il telefono per primo. Melody lo guardò con gli occhi sgranati, in cerca di un segno che le facesse capire che chiunque stesse chiamando aveva buone notizie.

«Questo è il telefono di Melody Keegan... sì, è qui, ma può parlare con me... Aspetti, dove? Davvero? Cazzo. Va bene, qualcuno verrà a prenderla. E vorremo vedere anche i filmati delle telecamere di sicurezza... sta scherzando? Merda. Cazzo. *Bene*. Capirà chi è venuto a prenderla perché sarà un uomo terribilmente minaccioso con cui non vorrebbe avere mai a che fare.» Poi Matthew premette con violenza il pulsante di fine chiamata.

«Era molto più soddisfacente quando i telefoni potevano essere sbattuti giù» borbottò, poi fece un respiro profondo e guardò le persone presenti nella stanza.

Caroline negli ultimi giorni aveva legato molto con Jodelle, che era una donna dolcissima, e in qualsiasi altra situazione Melody avrebbe amato conoscerla meglio, ma tutto ciò a cui riusciva a pensare era John e a quello che stava attraversando.

Baker non era mai lontano dalla moglie, controllava costantemente come stava, si assicurava che mangiasse, che bevesse abbastanza acqua e che stesse tenendo duro bene durante quella situazione molto stressante. Ciò le ricordava come John si comportava con lei, ed era allo stesso tempo doloroso e commovente.

Anche Annie era ancora lì. Era come un tappo pronto a saltare via dalla bottiglia. Probabilmente aveva fatto tanti passi quanto lei. Voleva fare qualcosa, ma dato che le sue competenze non vertevano sui computer, doveva aspettare che avessero delle informazioni per poter agire.

«Era un dipendente dello Stop-N-Go che si trova tra la Fourth e la Main. Mi ha informato che un ragazzino, un adolescente, è entrato nel negozio con una cassetta e il numero di telefono di Melody. Gli ha spiegato che gli era stato detto di andare lì a consegnarla, di far chiamare a qualcuno quel numero per dire alla donna che avrebbe risposto di andare a ritirarla.» Matthew sollevò la mano. «Ma non hanno telecamere di sicurezza. Oh, e il ragazzo ha affermato che il tizio che gli ha dato la cassetta ha detto che il dipendente gli avrebbe dato cento dollari alla consegna.»

«Pensi che sarà ancora lì quando arriverò?» chiese Baker, non avendo ovviamente dubbi che sarebbe stato lui ad andare a ritirarla.

Matthew sbuffò. «No. Perché l'impiegato ha detto che il ragazzo è scappato quando si è rifiutato di dargli i soldi.»

«Vado anch'io» li informò Annie.

«Vado a dire a Beth della telefonata» disse Jodelle, che si avvicinò a Baker, si alzò in punta di piedi e lo baciò, poi si diresse verso la porta del seminterrato.

«Anche se non ci sono telecamere allo Stop-N-Go, può guardare sulle altre che ci sono in zona per vedere se riesce a scoprire da dov'è arrivato il ragazzo. Questo potrebbe darci un'idea di dove ha incontrato chi gli ha dato la cassetta» borbottò Matthew.

«Chi diavolo ha un dispositivo per sentire una registrazione in *cassetta*?» chiese Caroline a nessuno in particolare. «Voglio dire, è una stereo 8, un'audiocassetta, una di quelle piccole usate nei registratori che erano molto popolari tra i giornalisti all'epoca? O è una registrazione elettronica?»

«Penso che Hope abbia un mangianastri» disse Melody, con mille pensieri confusi in testa. «Gliel'abbiamo preso perché era ossessionata da tutto ciò che riguardava gli anni Ottanta quando la sua scuola elementare ha organizzato una giornata dedicata a quel periodo.

L'abbiamo trovato da Goodwill, e avevano anche alcune audiocassette: Debbie Gibson, Cyndi Lauper, Boy George...» Ridacchiò, ma non fu proprio un suono divertito. «Non avrei mai pensato di averne bisogno per riprodurre una cassetta inviata dai rapitori di mio marito.»

Caroline andò subito da lei e le mise un braccio intorno alla vita per sostenerla.

«Torneremo il prima possibile. Chiamerò Beth se scoveremo qualche informazione mentre siamo lì» disse Baker con un tono piatto e pratico. Poi lui e Annie se ne andarono.

Melody iniziò a tremare. Temeva ciò che avrebbe potuto esserci su quel nastro, ma allo stesso tempo pensava che Baker e Annie non stessero tornando abbastanza in fretta. Aveva bisogno di sapere cosa stava passando John. Se stava bene. Non c'era alcuna garanzia che lui fosse stato registrato su quel nastro, ma desiderava ardentemente sentire la sua voce. Sapere che era ancora vivo.

Aveva la sensazione che ci stessero mettendo un'eternità, e il tempo sembrò fermarsi mentre tutti aspettavano. Quando sentì un'auto arrivare nel vialetto, dovette trattenersi per non correre fuori e strappare la cassetta dalle loro mani.

Caroline aveva recuperato il mangianastri dalla stanza di Hope, ed era appoggiato sul bancone quando

Baker e Annie entrarono in casa, entrambi con un'aria per niente felice.

«L'impiegato non aveva informazioni, se non che il ragazzo aveva circa tredici anni, era bianco, indossava dei jeans e una maglietta nera, e che non l'aveva mai visto prima» annunciò Baker.

«Accidenti» borbottò Matthew.

A Melody non importava quasi niente di tutto ciò. Il suo sguardo era fisso sulla cassetta che Annie aveva in mano. La giovane vide il mangianastri sul bancone e rimase sbalordita. «Dove diavolo l'avete preso? Ho detto a Baker che non avremmo avuto niente su cui far girare questa cosa, ma lui voleva tornare il prima possibile perché sapeva che Melody si sarebbe preoccupata. Ho pensato che avremmo potuto cercarne uno una volta tornati.»

Melody rivolse all'uomo taciturno un sorriso grato. Era burbero e un po' sopra le righe, ma a lei piaceva molto. Inoltre, non cercava di tenerle nascosto nulla. Lo apprezzava più di quanto avrebbe potuto esprimere a parole. «L'ho comprato per Hope l'anno scorso quando stava attraversando la sua fase anni Ottanta» spiegò in modo conciso.

Annie annuì e andò al bancone. Inserì con cura la cassetta, poi alzò lo sguardo verso Baker come per chiedere se andava bene premere "play". Melody avrebbe voluto ringhiare. L'unica persona a cui avrebbe dovuto chiedere il permesso per far partire quella dannata cosa era *lei*, ma trattenne la sua irritazione. Tutti stavano solo cercando di aiutare.

«Perché non ce lo lasci ascoltare per primi?» suggerì con dolcezza Matthew.

Melody scosse la testa con fermezza. «No. Dai, Annie. Falla partire» ordinò.

«Sei sicura?» le chiese Baker. «Non abbiamo idea di cosa ci sia lì dentro.»

«John è mio marito. *Non* sono stupida. Sono perfettamente consapevole che potrebbe non essere affatto su questa cassetta. Che potrebbe essere morto. E potresti pensare che sono isterica, o che semplicemente desidero cose che non sono vere, ma non ho la sensazione che ci abbia lasciati... qui, nel mio cuore» disse, mettendosi una mano sul petto. «Devo sapere quali saranno i prossimi passi da compiere. Se l'hanno fatto davvero per soldi, voglio essere in grado di dare a questi stronzi il denaro che la gente ha generosamente inviato e riavere mio marito. Ho bisogno di lui. Hope e Akilah hanno bisogno di lui. Accidenti, il *mondo* ha bisogno di lui. A volte mi dà fastidio che se ne stia chiuso nel seminterrato ad aiutare gli altri, ma non lo vorrei diverso da quello che è. Ora fai partire quel maledetto nastro, Annie!»

«Fallo» concordò Baker, annuendo alla ragazza.

Sembrava che tutti nella stanza stessero trattenendo il fiato quando lei finalmente premette il pulsante play sul registratore.

Sembra che tua moglie non stia collaborando, disse una voce maschile.

Melody rabbrividì, l'intimidazione e l'odio risuonarono forti e chiari attraverso la registrazione disturbata.

Forse se sapesse chi sei e perché mi hai preso, sarebbe più disposta a giocare al tuo gioco.

Melody non poté fare a meno di accennare un sorriso alle parole di suo marito. Aveva ragione. Era più che disposta a pagare lo stronzo che aveva rapito John, ma aveva bisogno di sapere *come* farlo.

Come fai a sapere che non gliel'ho già detto?

Perché se lo avessi fatto, saresti morto e io sarei a casa con la mia famiglia.

Quanta arroganza. Sei sempre stato il figlio di puttana più arrogante in circolazione.

Abbiamo avuto il piacere di incontrarci?

Come ho detto, tua moglie non collabora. Evidentemente non ti ama quanto pensavi, vero?

Melody avrebbe voluto sbuffare. John sapeva quanto lo amava, perché glielo diceva ogni giorno. Almeno una volta. Era tutto per lei e lo sapeva.

Mi stai ascoltando?

Sì.

Sentire John parlare in modo così calmo in faccia a quello stronzo che si stava innervosendo sempre di più, era appagante. Lui era sempre stato così. Doveva, per fare ciò che faceva. Doveva rimanere imperturbabile anche quando le cose precipitavano. Una volta le aveva detto che mantenere la calma era la cosa migliore che chiunque avrebbe potuto fare in una situazione che era fuori dal loro controllo.

Melody si era persa nella sua testa pensando a suo marito e si rese conto di non aver sentito qualcosa di ciò che era stato detto, ma le parole successive di quell'uomo arrabbiato la riportarono a prestare attenzione.

Non ti ama, cazzo! L'unica ragione per cui sta con uno storpio come te è per i tuoi soldi. Non c'è da stupirsi che non voglia pagare, che voglia tenerli tutti per sé. Probabilmente è sollevata di non dover più vedere il tuo disgustoso moncherino!

Quella cosa la fece incazzare. Amava John per l'uomo che era. Non le fregava niente di come appariva la sua gamba.

Cosa pensi che proverà quando sentirà su una registrazione che ti hanno sparato?

Il suo cuore smise letteralmente di battere. Melody afferrò il bordo del bancone e si sporse in avanti, verso il mangianastri. Voleva implorare Annie di spegnerlo. Era così sicura che John fosse vivo, che stesse bene, che non poteva sopportare di sentire che gli sparavano.

Non obbedire!

Per la prima volta, percepì nella voce di John un po' d'ansia.

Stai zitto!

Ti amo, Mel. Sto bene! Non dare soldi a questo stronzo! Di' a...

Melody sussultò quando il rumore dello sparo risuonò in cucina. Le sue gambe cedettero e crollò a terra, lo shock le rese difficile pensare lucidamente.

Stronzo! Ma che cazzo!

Forse questo darà alla tua preziosa moglie la motivazione per darci i cazzo di soldi che abbiamo chiesto!

Si sentì un clic e la registrazione si interruppe.

John! Era stato lui a imprecare. Era ancora vivo... o lo era stato subito dopo che era partito lo sparo. Melody rimase seduta a terra, tremando in modo incontrollabile.

Caroline andò subito al suo fianco, le mise un braccio intorno alle spalle e la strinse.

La sorprese vedere Baker inginocchiarsi accanto a lei. Non la toccò, si limitò a rimanere lì vicino. «Sta bene» le disse con fermezza, con un tono basso e letale.

«Non puoi saperlo» sussurrò Melody.

«L'hai sentito, era incazzato. Se gli avessero sparato alla testa, non sarebbe stato in grado di dire una parola. E se gli avessero colpito il cuore o la pancia, molto probabilmente non avrebbe imprecato contro il suo rapitore, ma in generale. Sicuramente avrebbe usato i suoi ultimi momenti di vita per dirti quanto ti ama.»

Melody rabbrividì all'immagine che le parole di Baker le crearono in testa. Ma... aveva ragione. «Pensi che gli abbiano sparato senza effettivamente colpirlo?» chiese, nella vana speranza che le dicesse di sì.

Invece, Baker stinse le labbra.

Merda.

«Tex è un uomo intelligente e molto duro. Supererà questa situazione, proprio come farai tu. State entrambi contando l'uno sull'altra per rimanere forti. Per avere la testa lucida. Per fare ciò che deve essere fatto» le disse.

Melody annuì, anche se in quel momento si sentiva tutt'altro che forte. «Hai rilevato qualcosa da questa registrazione?»

«Rilevato qualcosa?»

«Sì. Tipo indizi o roba del genere?»

Fu pervasa da un senso di delusione quando lui scosse leggermente la testa. «No. Ma l'impiegato della stazione di servizio ci ha informati che il ragazzo che ha lasciato il nastro aveva un messaggio per te. Ha detto che i soldi devono essere portati al The Sugar Shack Mill, la vecchia fabbrica, domani alle undici in punto. Niente poliziotti e niente FBI. Non deve esserci nessun altro se non te con i soldi.»

Melody era scioccata. «Al The Sugar Shack Mill? Ma

è nel bel mezzo del nulla. È una fabbrica abbandonata da tempo.»

Baker annuì. «Annie ha fatto una rapida ricerca mentre tornavamo qui con il nastro, ed è quello che ha dedotto anche lei guardando su Google Earth e dalle informazioni che ha trovato online.»

«Aspetta, li vuole in contanti? Persino io so che è impossibile. Primo, non c'è modo di raccogliere così tanti soldi, semplicemente perché non ci sono abbastanza contanti nello Stato. Secondo, tutte quelle banconote peseranno una tonnellata. Ok, non so esattamente quanto potrebbero pesare, ma è ridicolo. Perché mai, chiunque abbia preso John, non dovrebbe chiedere che venga trasferito elettronicamente?»

Melody si sentiva molto meglio a parlare di quel genere di cose. Non aveva dubbi che per il resto della vita avrebbe risentito in testa più e più volte quell'orribile registrazione, ma per il momento era più che disposta a pensare a qualsiasi cosa che non riguardasse suo marito che veniva colpito da un proiettile.

«Perché quel coglione sa che possiamo tracciare qualsiasi tipo di trasferimento di denaro.»

Alzando lo sguardo, Melody vide che Beth era uscita dal seminterrato e stava ascoltando la conversazione tra lei e Baker. Tutti lo stavano facendo: Jodelle, Matthew, Annie, Caroline... e, a quanto pareva, anche Ryleigh dal

Rifugio nel New Mexico, dato che il commento era arrivato dal piccolo altoparlante del telefono che Beth teneva in mano.

«Ma hanno già combinato un casino» continuò Ryleigh. «Sto studiando la registrazione, e ho separato le voci dai rumori di fondo. Ora ho inserito la voce di quel coglione del rapitore in un analizzatore, e ho un programma che sta facendo una ricerca tra i campioni di voci conosciute appartenenti alla feccia di tutto il mondo, per vedere se troviamo una corrispondenza.»

«E?» chiese Matthew con impazienza.

«Ancora niente, ho appena iniziato, ma un attimo prima che voi ragazzi tornaste con quel nastro, avevo scremato la lista di persone che potrebbero odiare Tex così tanto da volerlo vedere soffrire, e di quelle che hanno l'intelligenza e le conoscenze necessarie per fare qualcosa di audace come rapirlo in pieno giorno in una strada pubblica.»

«Donna» la minacciò Baker, che si alzò prendendo Melody per il braccio e aiutandola a mettersi in piedi con delicatezza. Il modo in cui la teneva e l'irritazione nella sua voce erano in netto contrasto.

«Ok, ho tre persone: Damien Nightshade, Vincent Coldridge e Asher Rook.»

«Aspetta, conosco Nightshade» disse Matthew con un tono scioccato. «Era un sergente quando ero nei team. Abbiamo fatto una missione con lui. Non ricordo dove.»

«In Afghanistan» replicò Ryleigh. «Ottima memoria. Sì, era un medico, e prima di lavorare con te e il tuo team l'ha fatto con Tex. La squadra di Nightshade era stata incaricata di unirsi al team di Tex mentre si infiltravano in una roccaforte di nemici per cercare di eliminare un HVT.»

«È un obiettivo di alto valore» sussurrò Caroline a Melody.

«Lo so» replicò.

«Ha fatto tutto il possibile per far togliere le medaglie che Tex e il resto della sua squadra si erano guadagnati in quella missione, sostenendo che fosse stato il *suo* team a salvare il gruppo di civili che era rimasto intrappolato nel fuoco incrociato tra i SEAL e l'ISIS.»

«Quindi ce l'ha con lui» commentò Matthew.

«Oh, sì. Direi che cova verso di lui un gran bel rancore» concordò Ryleigh.

«E io conosco Coldridge» disse Baker. «O almeno *so* chi è. Ha dei legami con la mafia italiana a New York.»

Melody avrebbe voluto chiedergli come diavolo conoscesse qualcuno coinvolto nella mafia, ma decise che era meglio non saperlo. «Perché dovrebbe avercela con mio marito?» chiese invece.

«Non lo so. Ma puoi star certa che lo scoprirò» replicò cupo.

«Perché Tex ha rintracciato un'adolescente scomparsa e ha smascherato un'operazione di traffico di armi multimilionaria gestita dalla famiglia di Coldridge» rispose Ryleigh, con la stessa tranquillità con cui avrebbe informato tutti del meteo della settimana successiva. «Ovviamente non era stata sua intenzione farlo, ma la ragazza era scappata con il fidanzato, che faceva parte della squadra di sicurezza di una spedizione di armi, e quando i poliziotti sono andati a cercarla, si sono invece ritrovati sommersi, appunto, dalle armi. Coldridge non ha mai perdonato Tex per questa cosa, anche se in realtà lui non c'entrava niente con la scoperta dell'operazione dei trafficanti; la ragazza scomparsa che stava cercando si trovava semplicemente nel posto sbagliato al momento sbagliato.»

«Cazzo» disse Baker. Melody era d'accordo al cento per cento con quel sentimento.

«E l'ultimo tizio? Asher Rook? Chi è?» chiese Annie.

«Nessuno» rispose Beth, prima che Ryleigh potesse farlo. «Letteralmente nessuno. Non è stato nell'esercito, non ha un sacco di soldi e nessuna influenza. Accidenti... in realtà vive nel seminterrato di sua madre. Ha quarantatré anni, non è sposato, non ha figli e lavora solo sporadicamente. Il suo passatempo preferito è giocare ai videogiochi online.»

«Perché diavolo è nella tua lista?» chiese Baker. «Da tutto quello che ha detto Melody, i tizi che hanno preso lei e Tex sembravano dei professionisti, e ne sanno abbastanza da non usare mezzi elettronici per comunicare, così da non poter essere rintracciati.»

«Be', cinque anni fa sua moglie è scomparsa. Puf, è semplicemente sparita. È andata a vedere una partita di football a Pittsburgh e non è mai tornata a casa. La polizia non ha mai trovato tracce di lei. Il marito è stato interrogato, ma non ci sono prove che abbia avuto a che fare con la sua scomparsa. Sembra che Rook avesse sentito parlare di Tex, così lo ha contattato per chiedergli un aiuto. Ma a quel tempo lui stava cercando di trovare qualcun altro e quindi era immerso fino al collo in quel caso. Ha detto a Rook che gli dispiaceva, ma che non poteva aiutarlo.»

«L'hanno mai trovata?» chiese piano Melody.

«No» rispose Ryleigh. «Non hanno trovato niente. Nessun corpo, nessun indizio. Poi, circa un anno fa, c'è stata molta attività sul dark web, relativa a Tex, proveniente dall'indirizzo IP della madre di Rook. Ricerche... indagini su tutto, dalla sua vita prima di entrare in Marina, alle missioni a cui ha partecipato mentre era un

SEAL, alle sue cartelle cliniche e a qualsiasi menzione di Tex nelle notizie.»

«Questo non significa che Rook sia coinvolto. Soprattutto se non ha esperienza militare. Come ha detto Baker, dalle riprese che abbiamo visto di quelle telecamere di sorveglianza, le persone che hanno preso Tex e Melody erano abili» sostenne Matthew.

«Asher Rook ha un quoziente intellettivo di centocinquanta» ribatté Ryleigh.

«Santo cielo, è... molto intelligente» disse Melody.

«Esatto. Il QI medio è cento, quello dei geni è tra centoventi e centoquaranta... e sono circa il due per cento della popolazione.»

«Allora come mai questo tizio vive a scrocco a casa di sua madre?» chiese Annie. «Potrebbe lavorare per una delle migliori aziende al mondo, guadagnare un sacco di soldi.»

«Non ne ho idea» rispose Ryleigh. «Ma tenete presente anche che ha passato – e passa – ore e ore a giocare ai videogiochi, e i suoi preferiti sono gli sparatutto militari.»

«Cazzo.»

«Merda.»

«Accidenti.»

Melody era completamente d'accordo con il giudizio dei suoi amici riguardo alla situazione.

«Allora tutte quelle ore trascorse a giocare sono state una sorta di ricerca per lui» disse Baker. «Quindi, pensiamo che sia stato Rook?»

«Non ho detto questo» sostenne Ryleigh pazientemente.

«Ma non hai detto nemmeno il contrario» obiettò Matthew.

«Guarda. Potrebbe essere uno qualsiasi dei tre uomini. O qualcuno che non ho ancora trovato.»

«Ma non pensi che sia così» incalzò Matthew.

«Esatto» confermò Ryleigh. «Ho controllato, e Nightshade e Coldridge hanno degli alibi solidi. Ciò non significa che non possano aver assunto una o più persone per rapire Tex, ma non ho trovato niente di insolito riguardo a quei due. Nessuna telefonata a numeri sconosciuti. Nessun trasferimento di denaro all'estero partito dai loro conti. Al momento stanno solo andando avanti con le loro miserabili vite.»

«Quindi, quali sono i prossimi passi da compiere? Melody ha ragione, come diavolo fa quel tizio ad aspettarsi che lei porti così tanti soldi al punto di consegna?» chiese Baker.

«Non è una questione di soldi. Non lo è mai stata per lui» disse Matthew cupo. «Si tratta di vincere la partita. Di vendetta. Tex non lo ha aiutato a trovare sua moglie, quindi vuole che soffra.»

«Non lascerà mai andare John, vero?» sussurrò Melody.

L'espressione di compassione e rammarico sul volto di Matthew le fece quasi cedere di nuovo le gambe.

«Ne dubito» disse dopo un lungo momento.

«Allora, qual è lo scopo di tutto questo?» urlò Melody, stanca di tutto. Aveva raggiunto il limite. Non era trascorso tanto tempo, ma ogni giorno che passava le sembrava un'eternità. Una parte di lei, una *piccolissima* parte, provava empatia per quel Rook. Doveva essere orribile non sapere dove fosse sua moglie o cosa le fosse successo. Non aveva potuto voltare pagina. Ma sfogare la sua frustrazione e la sua rabbia su di lei e sulla sua famiglia perché John era stato impegnato a salvare qualcun altro, era inaccettabile.

«Perché vuole farmi portare i soldi in quella fabbrica abbandonata, nel cuore della notte, se non ha intenzione di lasciare andare John?»

«Perché vuole che anche *tu* soffra» rispose Ryleigh con calma.

Melody non voleva sentirsi dire una cosa del genere. Non le piaceva che l'altra donna sembrasse così indifferente a tutta quella situazione.

Afferrò la tazza di caffè che aveva usato prima e la lanciò con tutta la sua forza contro il muro del soggiorno, facendola frantumare in mille pezzi.

«E io voglio che a *te* importi!» urlò verso il telefono, desiderando che la donna a cui era indirizzata la sua ira fosse di fronte a lei. «Voglio che nella tua voce si senta che ti frega qualcosa, non che parli come se stessi elencando la roba che devi comprare più tardi al supermercato! E voglio indietro mio marito!»

Nessuno disse una parola.

Melody riusciva a sentire solo il suo respiro affannoso. Caroline le posò una mano sulla spalla, ma lei se la scrollò via, tenendo lo sguardo fisso sul telefono in mano a Beth, desiderando che l'apparentemente eccezionale Ryleigh, che John pensava fosse più brava di lui a hackerare, dicesse qualcosa che la facesse sentire meglio.

Invece, le sue parole successive la fecero stare peggio.

«Mi importa di lui. Tex mi ha fatta sentire... degna per la prima volta nella mia vita. Mi ha fatto capire che non ero strana solo perché sapevo come fare certe cose con un computer. Mi ha detto che mi ammirava. Che se le sue figlie si fossero rivelate essere intelligenti, gentili e piene di risorse la metà di me, l'avrebbe considerata una fortuna. E il fatto che qualcuno abbia osato *usarti* per arrivare a lui mi fa incazzare, perché una volta anch'io sono stata usata come esca e per fare leva, proprio come te. Ma se mi prendessi il tempo di pensarci troppo, non sarei in grado di fare il mio lavoro. Se ti può far sentire meglio, quando tutto questo sarà finito e Tex sarà tornato a casa, crollerò e probabilmente dovrò fare diverse sedute con Henley, la nostra psicologa interna qui al Rifugio.»

«Scusa. Merda, mi dispiace tanto. Mi sto comportando da stronza» disse Melody con voce spezzata. «Sicuramente neanche tu hai dormito molto negli ultimi tre giorni, e io sto qui ad atteggiarmi in modo orribile e ingrato. So che ti importa di lui, a tutti importa. E proprio perché *John* è quel tipo di uomo, quello che si preoccupa di tutti, che vuole proteggere il mondo dal male, so che le persone a lui più vicine la pensano allo stesso modo. È solo che... sono tanto preoccupata. E frustrata per ciò che dobbiamo fare.»

«Ryleigh, dov'è Rook adesso?»

Tutti si voltarono a fissare Annie. Stava un po' distante dagli altri, con le mani chiuse a pugno, e aveva un'aria... *incazzata*.

«In questo preciso momento, non lo so. Come ho detto prima, vive con sua madre in un quartiere a nord della città di Washington. Perché? A cosa stai pensando?»

«Le persone con un QI alto sono intelligenti, ma a volte non sono le più brave a gestire le cose nel mondo reale. E se stesse tenendo Tex lì nelle vicinanze?»

«Vicino quanto?» sbraitò Baker.

«Non intendo a casa di sua madre, sarebbe troppo ovvio persino per lui, ma per caso ci sono case abbandonate nel quartiere o a una distanza ragionevole? O... immagino che non lo abbia nascosto nella fabbrica dov'è organizzata la consegna del denaro, ma c'è un posto tra lì e casa sua che potrebbe essere una possibilità?»

Tutti sentirono il rumore delle dita che digitavano su una tastiera. «Non lo so. Devo guardare» disse Ryleigh.

«Abbiamo tempo fino a domani alle undici di sera per organizzare tutto» disse Annie.

«Per niente al mondo Melody andrà a fare la consegna» dichiarò Matthew con fermezza.

«Cosa? Perché? Devo farlo!» ribatté lei.

«No. Non succederà» insistette. «Ti sbagli se pensi che Tex mi perdonerebbe, o perdonerebbe chiunque di noi, per averti messa in mezzo a questo casino. Resterai qui, dove sarai al sicuro.»

«Se questo Rook è intelligente come dice Ryleigh, sa che questo è il ragionamento che faranno gli amici di John. Ovviamente sa dove vivo, visto che ci ha rapiti dalla nostra strada. Sa che nessuno di voi mi lascerebbe mai andare a consegnare i soldi. Quale momento migliore per lui di venire qui e portarmi via da sotto il vostro naso, mentre siete tutti occupati al The Sugar Shack?»

«Merda. Ha ragione» ringhiò Baker. Un ringhio vero o proprio. In qualsiasi altra situazione, Melody avrebbe potuto trovarlo sexy.

«E se gli rivoltassimo le carte in tavola?» chiese Beth. «Sa che non porteremo un miliardo di dollari in contanti alla fabbrica. Probabilmente lui non ci sarà nemmeno; sempre che Ryleigh abbia ragione a dire che vuole solo far soffrire Melody... e Tex. Quindi, voi ragazzi potete andare a controllare tutti i posti in cui Ryleigh pensa che lui possa essere stato nascosto, mentre Melody va alla fabbrica... non da sola» aggiunse rapidamente. «Cade potrebbe andare con lei. O magari potrebbe farlo un altro amico di Tex.»

«Chiamo i ragazzi» disse subito Matthew.

«I ragazzi?» chiese Melody.

«Sì. Abe, Cookie, Dude, Mozart e Benny. Hurt e Cutter resteranno a casa a badare alle famiglie, nel caso questo Rook decida di estendere la sua stronzata.»

«Sono sicura che avranno delle cose da fare» protestò Melody, anche se in fondo sapeva che si sarebbe sentita molto meglio con la squadra SEAL di Matthew lì con lei.

«Io chiamo Truck e mio padre. *Nessuno* scherza con Truck» disse Annie con un ghigno. «Io e lui possiamo controllare tutti i posti che Ryleigh troverà, e papà può stare con te e il resto dei ragazzi.»

«Come farete a portarla al The Sugar Shack senza che

questo Rook non noti un veicolo pieno di ex operatori delle forze speciali?» chiese Jodelle.

«Più ci penso, più mi convinco che Ryleigh abbia ragione. Rook non ha mai avuto intenzione di incontrare Melody in quella fabbrica abbandonata. Ma lasceremo solo uno dei nostri ragazzi nel veicolo con lei, per quell'uno per cento di possibilità che lui sia lì» disse Matthew. «Starà accovacciato sul sedile del passeggero, mentre gli altri si sparpaglieranno e si infiltreranno nei terreni e nell'edificio. Se c'è qualcuno, lo troveranno, e aspetteranno il momento giusto per eliminare la minaccia.»

Per la prima volta Melody cominciò a sentirsi un po' più ottimista. «E i soldi?» chiese.

«Non saranno necessari in entrambi i casi. Se Rook è lì, lo faremo fuori. Se non si presenta nessuno, i soldi non serviranno comunque» rispose Baker.

«Perché non ha chiamato?» domandò. Quel dettaglio la stava infastidendo. «Perché far passare il messaggio del riscatto tramite quel ragazzo? Se vuole davvero che io soffra, non dovrebbe chiamarmi per vantarsi di avere John? Per fargli ancora più del male mentre sono in ascolto?»

«Perché sa che così potrebbe essere rintracciato» rispose Beth. «Sa cosa può fare Tex con qualsiasi dispositivo elettronico e probabilmente pensa che abbia degli amici altrettanto capaci. Quindi evita tutti i posti che hanno telecamere, di mandare mail o messaggi, di chiamare. Sta cercando di fare le cose alla vecchia maniera, pensando di non poter essere scovato.»

«Idiota» borbottò Ryleigh al telefono. «Comincio a cercare dei posti dove Rook potrebbe aver nascosto Tex. Mi farò sentire. Oh, e a proposito, abbiamo superato i novecento milioni di dollari di donazioni.»

Melody ansimò. «Porca puttana.»

«Tu e Tex dovrete pensare a cosa fare con quei soldi quando tornerà a casa.»

«Restituiscili!» esclamò senza esitare. «Non ne abbiamo bisogno.»

«Non così in fretta» disse Baker. «Pensa a cosa potrebbe fare Tex con quel denaro. Localizzatori, fondazioni per le persone scomparse, addestramento per i dipartimenti di polizia... le possibilità sono infinite.»

Non aveva torto. «Ma la gente non vorrà indietro i propri soldi una volta scoperto che dopotutto non ne ha avuto bisogno?» chiese.

«Alcuni donatori, forse. O ci sarà chi vuole coprirsi le spalle, pensando che dando dei soldi lui sarà più disposto ad aiutare se mai dovessero aver bisogno dei suoi servizi in futuro. Ma penso che la maggior parte delle persone che ha donato lo abbia fatto pensando di non riaverli indietro, per dare un lascito a Tex, per tutto il bene che ha fatto al mondo» disse con dolcezza Jodelle.

Forse perché era stata lei a dire quelle parole, una donna che aveva incontrato solo di recente, qualcuno che non sapeva nemmeno esistesse fino a quella brutta situazione, che stava con un uomo che le ricordava un sacco John... ma Melody cominciò seriamente a considerare tutto il bene che un miliardo di dollari avrebbe potuto fare per le persone scomparse e sfruttate del mondo.

«Posso aiutarti a capire dove donare, se sceglierai quella strada» si offrì Ryleigh. «Ho molta esperienza con questo genere di cose.»

«Ci sarà tempo per tutto questo più tardi» disse Matthew. «Abbiamo fino a domani alle undici per elaborare un piano.»

Melody non aveva ancora idea se John stesse davvero bene o meno. Quello sparo sentito sul nastro l'aveva scossa nel profondo. Ma ora che avevano una parvenza di piano, si sentiva un po' più leggera. La possibilità di potersi presto riunire a suo marito le faceva desiderare che il tempo passasse più velocemente. Voleva che fossero già le undici della sera successiva, così avrebbe potuto riavere indietro John.

Ovviamente, aveva la sensazione che non sarebbe stato così facile come sperava. Che chiunque lo avesse rapito volesse farli soffrire entrambi il più a lungo possibile. Ma quel tizio aveva sottovalutato la testardaggine dei SEAL, dei Delta, dei Berretti Verdi – Annie – e degli amici di John. Non avrebbero mai rinunciato a cercare di trovarlo e di riportarlo a casa vivo.

«Tieni duro, tesoro. Stiamo arrivando» sussurrò.

CAPITOLO DIECI

Tex, seduto a terra, al buio, con quella dannata musica che suonava senza tregua, si tastò ancora una volta con cautela la ferita sul polpaccio. Faceva un male cane, ma pensava che l'emorragia si fosse finalmente fermata. Ovviamente, non sarebbe stato positivo se si fosse infettata. Il pensiero di rischiare di perdere l'altra gamba gli fece quasi venire da vomitare.

D'altra parte, non aveva dubbi che a Melody non sarebbe importato niente se avesse avuto una sola gamba e un solo braccio, o nessuna delle due braccia. A lei importava solo che tornasse a casa vivo.

Tex si sdraiò sulla schiena e fissò il buio. Non riusciva a vedere proprio un bel niente, ma non voleva chiudere gli occhi. Si scervellò di nuovo per cercare di capire chi potesse esserci dietro. Aveva fatto incazzare la sua buona dose di persone nel corso degli anni, ma non si era mai sentito in pericolo.

C'era stata quella volta in cui aveva incrociato la strada con la mafia di New York, ma era abbastanza certo di essere riuscito ad appianare le cose. Non era che avesse fatto apposta a mandare subito la polizia in quel posto, facendo così scoprire un consistente traffico di armi. Aveva solo cercato di riportare a casa un'adolescente scomparsa.

Si era scontrato anche con i cartelli della droga in Messico, dopo quella faccenda in Virginia in cui erano stati coinvolti Khloe Moore e Raiden Walker, ma aveva l'impressione che a nessuno fosse mai piaciuto Pablo Garcia. Era stato uno stronzo arrogante e impulsivo, e considerando il tempo che aveva trascorso in prigione in America, non gli erano rimasti molti contatti nel sud del confine prima che venisse eliminato definitivamente.

Altre situazioni gli passarono per la testa, mentre cercava di capire chi poteva aver fatto arrabbiare così tanto da metterlo in quella situazione. E non solo quello, ma chi poteva essere abbastanza intelligente da esserci riuscito. Quella era probabilmente la domanda più corretta.

Per quanto ci provasse, Tex non riusciva a trovare nessuno del suo passato che spiccasse. Ma tutta la faccenda gli aveva fatto capire che doveva stare molto più attento alla sua sicurezza e a quella della sua famiglia. Lavorava spesso con il peggio dell'umanità e odiava che ciò avesse portato a delle ripercussioni negative. L'unica consolazione era che le stesse subendo lui. Sì, anche Melody era stata coinvolta in quell'inferno, ma era più sollevato che mai che non fosse tenuta prigioniera anche lei.

Se il suo rapitore avesse *davvero* voluto torturarlo, con quello avrebbe avuto successo.

In effetti, aver lasciato andare sua moglie sarebbe stata la rovina di quello stronzo. Melody era una donna intelligente e molto forte. Probabilmente era ferita e malconcia, cosa che gli faceva rimescolare la pancia per l'ansia, ma aveva sicuramente chiamato rinforzi. E anche se lei non conosceva tutti quelli con cui aveva lavorato in passato, i suoi amici avrebbero saputo chi chiamare.

La prima persona che Melody aveva sicuramente chiamato era Wolf.

Pensare al suo vecchio amico lo fece sorridere, ma ricordare quando lo aveva aiutato a trovare la sua allora quasi fidanzata, fece svanire il sorriso. Caroline aveva passato dei momenti difficili, ma come Melody, e come un sacco di donne che aveva aiutato nel corso degli anni, era molto più forte di quanto lei stessa avrebbe mai potuto immaginare.

Wolf aveva sicuramente preso il primo volo per stare al fianco di Melody. Avrebbe protetto lei e le sue ragazze, non aveva alcun dubbio. Si chiedeva chi Wolf avesse scelto di contattare. Penelope di San Antonio, la soldatessa diventata pompiere? Trigger e la sua squadra Delta? Forse Phantom e i suoi ex compagni SEAL? Forse persino Ghost e i suoi Delta. La maggior parte degli uomini che chiamava amici non erano più in servizio attivo, ma non erano meno letali. Di certo non pensava che sarebbero stati a corto di uomini e donne che non avrebbero esitato a offrire il loro aiuto.

Ma se c'era una persona là fuori che poteva risolvere tutta quella situazione di merda... era Ryleigh Lodge.

La ragazzina – ok, non era esattamente una ragazzina, ma era molto più giovane di lui, il che la rendeva tale ai suoi occhi – era un fottuto genio. E anche molto più intelligente di lui. Aveva avuto una fortuna pessima per quanto riguardava la famiglia, ma ne aveva trovata una nuova nel New Mexico, al Rifugio. Wolf aveva di sicuro pensato a lei; l'aveva incontrata di recente, quando lui e Caroline erano andati in quel resort e si erano trovati invischiati in un caos di proporzioni epiche.

Ryleigh poteva hackerare il suo computer e scoprire chi potevano essere i sospettati più probabili del rapimento. E Tex non aveva problemi con il fatto che entrasse nei suoi file. La donna aveva hackerato innumerevoli database governativi e probabilmente avrebbe potuto lanciare armi nucleari premendo un tasto sulla sua tastiera.

Ma era anche la persona più affidabile che avesse mai incontrato. E generosa. Sapeva tutta la storia dei soldi che aveva rubato a quel criminale del padre nel corso degli anni, e del fatto che stesse cercando di donarli tutti in incognito. A parte quello, voleva solo essere lasciata in pace. Vivere la sua vita.

Pensare ai suoi amici gli fece dimenticare per un po' la situazione in cui si trovava, la musica che gli rimbombava in testa, il dolore al polpaccio dove lo stronzo gli aveva sparato. Di essere indifeso come non mai. Nudo, chiuso in una cassa, affamato e obbligato a pisciare in un secchio.

Ce l'avrebbe fatta a superare tutto ciò perché l'alternativa era impensabile. Aveva solo bisogno di lasciare che i suoi amici facessero il loro lavoro. E lo avrebbero fatto... perché erano uomini e donne onorabili, leali e davvero perseveranti.

Quell'ultimo pensiero lo fece sorridere. Tex aveva visto un sacco di cose brutte nella vita, ma quelle belle facevano sì che ne fosse valsa la pena. Belle come la sua Melody e le sue figlie. E i suoi amici. Era fortunato. Tutto ciò sarebbe finito e la vita sarebbe andata avanti... sperava sempre al fianco della sua famiglia, e sarebbe stato più saggio e cauto mentre svolgeva il suo lavoro quotidiano.

———

«Io e Ryleigh abbiamo trovato dei posti probabili!» annunciò Beth, irrompendo nel soggiorno dalla porta del seminterrato, e spaventando Melody che era seduta sul divano a cercare di non perdere la testa per l'ansia.

Erano le cinque del pomeriggio e mancavano solo sei ore all'appuntamento con il rapitore di John al The Sugar Shack.

Sollevata dal fatto che *finalmente* avessero qualche informazione per loro, si voltò verso la donna scompigliata. Nelle ultime dodici ore era rimasta chiusa nel seminterrato e sembrava esausta quanto lei, che probabilmente aveva lo stesso aspetto.

Ma Beth aveva anche un'aria compiaciuta e soddisfatta.

«Abbiamo tre opzioni che potrebbero essere dei buoni posti dove nascondere qualcuno che non vuoi sia trovato» continuò. «Li ho segnati su una mappa, venite qui» ordinò, dirigendosi verso la cucina.

Tutti si alzarono subito e si accalcarono intorno al tavolo dove lei stava già aprendo una mappa della zona.

«Qui è dove siamo noi, la città di Washington»

spiegò, indicando il quartiere di Melody. «E qui è dove vive la mamma di Rook, appena a nord della città. E, infine, il The Sugar Shack. Si trova a circa quindici chilometri a est della casa di Rook. Tra quei due punti ci sono i tre posti che pensiamo sarebbero perfetti per nascondersi.

Il primo è questo. È una vecchia stazione di servizio lungo una strada poco usata. Un tempo era molto trafficata, ma poi è stata costruita l'autostrada, quindi è caduta in disuso. C'è un grande freezer lì dentro, che potrebbe facilmente contenere un prigioniero. Ovviamente non è più un freezer perché non c'è elettricità, ma non ci sono finestre e le porte possono essere chiuse dall'esterno. Rook potrebbe aver nascosto Tex lì e continuato a vivere la sua vita normalmente, senza temere che lui possa scappare mentre è via.

Il secondo è una vecchia casa che è stata pignorata e mai acquistata dalla banca, ed è stata lasciata andare in rovina. C'è un fienile dietro, con erbacce e viticci che lo rendono quasi inaccessibile. Il vialetto per arrivarci è lungo almeno ottocento metri, quindi è molto isolato.

E, infine, probabilmente il posto più improbabile, ma abbiamo pensato di menzionarlo perché non abbiamo idea di cosa stia pensando questo Rook, è un vecchio covo di spaccio, in un quartiere piuttosto degradato. Ci sono ancora persone che vivono nell'area, ma per lo più si fanno gli affari loro. Molti dei residenti sono iscritti nel registro dei molestatori sessuali, quindi non vogliono avere niente a che fare con i poliziotti e non vogliono attirare l'attenzione su di loro.»

«Quale pensate sia il posto più probabile in cui possa essere stato nascosto Tex?» chiese Matthew.

Beth strinse le labbra e si raddrizzò dal tavolo. Scrollò leggermente le spalle. «Io e Ry ne abbiamo parlato, e il posto più intelligente sarebbe la stazione di servizio. Quel freezer è una cella già pronta, è impossibile che riesca a uscire da lì da solo. La vecchia casa è la nostra seconda ipotesi, anche se dalle immagini satellitari non sembra che qualcuno sia stato lì di recente. Ma potrebbe essere esattamente come Rook *vuole* che appaia. Se lo avesse messo adeguatamente al sicuro lì e poi se ne fosse andato, non si troverebbero tracce della presenza di qualcuno.

Il posto più rischioso sarebbe quella casa nel quartiere dei molestatori sessuali. È vero che molte di quelle persone non chiamerebbero la polizia a causa del loro passato, ma ciò non significa che *qualcuno* non possa farlo. Basterebbe una sola telefonata e l'intero piano potrebbe ritorcersi contro di lui. E Rook è troppo intelligente per rischiare una cosa del genere.»

Il cellulare di Matthew vibrò per l'arrivo di un

messaggio e lui diede un'occhiata allo schermo. «Sono arrivati i ragazzi» annunciò.

Melody sorrise grata. Per quanto fosse brutta quella situazione, era ansiosa di rivedere Abe, Cookie, Mozart, Dude e Benny. Le erano mancati molto, e pianificò nella sua mente un viaggio in California da fare una volta che John fosse tornato a casa e si fosse ripreso dalla sua brutta esperienza, così avrebbero potuto vedere anche tutte le loro donne.

Matthew andò alla porta e la aprì, poi la stanza fu improvvisamente ancora più affollata di quanto già non fosse.

Melody rivolse un gran sorriso a quei volti familiari, mentre entravano andandole subito incontro. Ognuno di loro la strinse in un abbraccio lungo e gentile, consapevoli del suo braccio rotto, e le dissero quanto fossero dispiaciuti per quella situazione.

Era ammutolita. C'erano così tante cose che *avrebbe voluto* dire, ma all'improvviso si sentì sopraffatta e non riuscì a trovare le parole. Che quegli uomini avessero mollato tutto per andare al suo fianco quando lei e John avevano più bisogno di loro, era incredibile.

Ora che ci pensava, probabilmente avrebbe dovuto chiamare quel detective per informarlo di ciò che Ryleigh aveva trovato, della presunta consegna di denaro e per chiedergli se poteva provvedere alla sicurezza mentre andava alla fabbrica abbandonata.

Ma non lo avrebbe fatto... perché non si fidava davvero di quell'uomo. Era sicura che fosse competente nel suo lavoro, ma lì si trattava di suo marito, non poteva permettersi che facessero degli errori, perché era in gioco la sua vita. Si fidava di Matthew, Baker e degli amici di John. E, soprattutto, si fidava ciecamente dei cinque nuovi arrivati, al punto non solo di affidare loro la *sua* vita, ma anche quella di John. Se fosse andata alla fabbrica e lui fosse stato lì, voleva, e aveva bisogno, che quegli uomini fossero al suo fianco, non le sarebbe servito nessun altro.

«Grazie di essere venuti» riuscì finalmente a dire con voce stridula.

«Non vorremmo essere da nessun'altra parte.»

«Figurati.»

«Vi vogliamo bene.»

«Questo è ciò che fanno gli amici.»

«Quello stronzo affonderà.»

Melody non poté fare a meno di ridacchiare all'ultimo commento, quello di Dude. Di solito era un uomo piuttosto stoico. Sapeva che era un Dominante, Cheyenne ne aveva parlato abbastanza con lei da farle capire che le preferenze sessuali della coppia erano piuttosto... intense. A lui piaceva avere il comando. Inoltre, tutto in Dude urlava uomo d'onore. La prendeva come un'offesa personale quando le donne venivano aggredite o picchiate; lui non avrebbe mai fatto del male a una donna così come non avrebbe mai perso il controllo in missione. Tutta la sua vita era incentrata su quello e, in quel momento, Melody aveva bisogno della sua stabilità. Del suo controllo. Perché a lei sembrava di non averne.

«Qual è il piano?» chiese Abe.

Però, prima che Matthew potesse rispondere, sentirono di nuovo bussare. Melody si girò e vide un uomo enorme entrare dalla porta d'ingresso, che non era stata chiusa dopo l'arrivo degli ex SEAL. Era uno degli uomini più alti che avesse mai visto, e aveva un'espressione accigliata che metteva in risalto la brutta cicatrice che aveva sul lato del viso. Era anche muscoloso. Era decisamente un uomo che non avrebbe voluto incontrare in un vicolo buio... non che trascorresse molto tempo nei vicoli bui, comunque.

Per fortuna sapeva esattamente chi fosse il nuovo arrivato. L'aveva incontrato una volta, forse due. Quindi non si impaurì perché uno sconosciuto dall'aspetto spaventoso e duro era appena entrato in casa sua.

Prima che potesse salutarlo, Annie emise un grido eccitato. «Truck!» urlò, andando dritta da lui.

Truck, che Melody era sicura avesse un vero nome, ma al momento non riusciva a ricordarlo, fece un sorriso sbilenco e aprì le braccia, mentre Annie ci si gettava dentro.

«È così bello vederti, folletto!» le disse, abbracciandola forte.

«Anche per me!» esclamò lei, sorridendogli. «Sono un po' triste che papà non sia potuto venire, ma dato che mia madre è in ospedale a causa dell'appendicite, non se la sentiva di lasciarla sola. Fidati, penso che lo uccida non essere qui, ma probabilmente è meglio così, perché pensa ancora a me come la bambina a cui piaceva andare in giro per il cortile con quel carro armato che mi avete costruito.»

Si sorrisero, poi, come se entrambi si fossero ricordati dove si trovavano e perché, si voltarono verso Melody, e ogni traccia di divertimento scomparve dai loro volti.

«Stai bene?» le chiese Truck in tono roco, lanciando un'occhiata al suo braccio ingessato.

«Per quanto possibile» rispose con sincerità. «Sto meglio ora che siete tutti qui e abbiamo un posto in cui cercare John.»

Truck guardò gli uomini. «Qual è il piano?» Melody non poté fare a meno di sorridere un po' a quelle parole. Aveva esattamente lo stesso atteggiamento avuto da Abe qualche istante prima. Erano uomini d'azione... cosa che lei approvava pienamente.

Matthew gli fece un rapido riassunto di ciò che Beth e Ryleigh avevano scoperto riguardo a chi potesse esserci dietro al rapimento, e sui possibili luoghi in cui John avrebbe potuto essere.

«Direi che la maggior parte della mia squadra andrà con Melody alla fabbrica. Scommetto che nessuno si presenterà, ma voglio assicurarmi che abbia le spalle coperte, per ogni evenienza. Tex mi farebbe il culo se venisse ferita mentre è sotto la nostra protezione» disse Matthew.

Melody era più che d'accordo con quel piano. Era grata di non essere stata esclusa del tutto dalle attività di quella sera. Sapeva bene che tutti avrebbero preferito che rimanesse esattamente dove si trovava, al sicuro a casa, ma dato che il rapitore le aveva ordinato espressamente che doveva essere lei a portare i soldi in quel luogo isolato, nessuno voleva fare qualcosa di diverso da ciò che era stato richiesto, nel caso l'uomo si fosse presentato.

«Baker e Cade possono dare un'occhiata alla stazione di servizio abbandonata, io andrò alla vecchia casa con il fienile con Dude, e voi, Truck e Annie, potete dare un'occhiata alla casa in quel quartiere losco. Siete d'accordo?»

Tutti annuirono. «Beth, se tu o Ryleigh trovate altre informazioni che indicano qualche altro luogo o che vi fanno anche solo pensare che Tex non sia più nelle vicinanze, chiamatemi subito, passerò le informazioni agli altri.»

«Ok, ma non sarà necessario, in realtà. Voglio dire, se portate il telefono con voi, Ryleigh può mandare un messaggio a tutti contemporaneamente, per essere sicura che le informazioni arrivino il più velocemente possibile.»

«Giusto, ovvio» replicò Matthew, annuendo. Poi si voltò di nuovo per rivolgersi alle persone presenti nella stanza. «Mettete i telefoni in modalità silenziosa. L'ultima cosa che ci serve è un suono che avvisi Rook o qualsiasi altro pezzo di merda della nostra presenza. Ci resta qualche ora prima di dover uscire. Melody, perché non ti sdrai e vedi se riesci a riposare un po'?»

Lei sbuffò. Assolutamente no. Era pronta per andarci *subito*. Non voleva aspettare che arrivassero le undici, ma sapeva anche che la copertura data dall'oscurità era importante per le persone che avrebbero cercato John. Sì, erano tutti operatori delle forze speciali, ma volevano essere sicuri di avere un vantaggio. Nessuno aveva dimenticato che nel rapimento erano stati cinque gli uomini coinvolti. Certo, avrebbero potuto chiamare rinforzi, c'erano un sacco di persone con un'esperienza militare che sarebbero state felici di volare fino a lì per aiutare, ma non volevano aspettare fino al giorno successivo per fare una mossa. Quindi avevano raggiunto un compromesso, dividendo la capacità maschile e femminile che avevano in quel momento, in attesa che facesse buio per agire.

Supponeva che avrebbe dovuto essere più nervosa di come si sentiva, che avrebbe dovuto volere che qualcun altro, tipo Annie, fingesse di essere lei e andasse al The Sugar Shack al posto suo, ma aveva bisogno di farlo. Doveva avere un ruolo nel riportare a casa John. Anche se si fosse rivelato essere un compito inutile perché il rapitore non aveva intenzione di incontrarla alla fabbrica abbandonata, le sarebbe comunque sembrato di aiutare. E di certo non era spaventata, dato che aveva Abe, Cookie, Benny e Mozart che le coprivano le spalle.

«Non posso dormire» disse con fermezza a Matthew.

Lui annuì, come se si fosse aspettato quella risposta.

«Voglio parlare un poco con tutti.» affermò Melody, voltandosi verso i nuovi arrivati. «È da un bel po' che non ci vediamo, ragazzi.»

Abe le si avvicinò e le mise un braccio intorno alle spalle, stringendola di lato.

Sorprendentemente, le due ore successive trascorsero in fretta. Fu bello aggiornarsi con i SEAL della California e Truck, ma quando arrivarono le dieci e Matthew annunciò che era il momento di muoversi, lei era più che pronta.

Abe e Cookie avevano messo ogni borsone e valigia trovata in casa nel retro dell'auto di Melody; nel caso ci fosse stato qualcuno nella fabbrica abbandonata, volevano che desse l'impressione che aveva portato i soldi. Che stesse assecondando le richieste del rapitore. I borsoni erano pieni di asciugamani e le valigie erano vuote. Melody era stata preparata a fingere che fossero pesanti quando le avrebbe tirate fuori dall'auto... se la situazione fosse arrivata fino a quel punto.

Le istruzioni che avevano ricevuto per la consegna erano state davvero scarne, solo quelle riferite dall'impiegato della stazione di servizio.

Il piano era che Cookie andasse in macchina con lei, mentre gli altri li avrebbero preceduti, avrebbero parcheggiato lontano dalla fabbrica e si sarebbero spargliati per perlustrare l'area. Se ci fosse stato qualcuno, lo avrebbero tenuto d'occhio finché non si fosse fatto riconoscere da Melody una volta arrivata. Cookie sarebbe rimasto accovacciato sul lato del passeggero della sua auto, per proteggerla se la situazione fosse precipitata.

Baker e Cade, come previsto, sarebbero andati alla stazione di servizio per controllare se John era stato nascosto nel freezer.

Matthew e Dude sarebbero andati alla casa con il fienile per vedere se riuscivano a trovarlo... anche loro avrebbero parcheggiato a una distanza di sicurezza, per non mettere in allerta nessuno nel caso stessero controllando le persone che arrivavano.

Infine, Annie e Truck sarebbero andati nel quartiere malfamato. Non avrebbero dovuto parcheggiare lontano come gli altri due gruppi, dato che era un'area molto popolata. Cosa che però rendeva anche meno probabile che John fosse lì. Nonostante fosse abitata per lo più da molestatori sessuali e altri uomini e donne che a un certo punto si erano trovati dalla parte sbagliata della legge, le probabilità che qualcuno notasse qualcosa di sospetto e chiamasse la polizia erano più alte rispetto agli altri due luoghi.

Melody sperava con tutto il cuore che Ryleigh e Beth avessero ragione e che John si trovasse in uno di quei tre posti. Perché l'alternativa era impensabile. Se lo avevano portato lontano dalla città, sarebbe stato ancora più difficile trovarlo. E senza alcuna comunicazione tra lei e il rapitore, senza sapere cosa voleva, non era sicura di quale sarebbe stato l'esito di quell'orribile situazione.

Sapeva di essere pronta perché finisse. Non poteva concepire di dover passare un altro giorno, un'altra settimana, un altro mese o anno, senza sapere dove si trovava suo marito. Non riusciva a immaginare di dover dire a Hope che suo padre era "sparito". L'agonia causata dal non sapere dove si trovasse o cosa stesse passando era già abbastanza straziante anche solo dopo pochi giorni. Melody non riusciva letteralmente a immaginare come si sarebbe sentita a non saperlo per settimane o anche di più.

Aveva fiducia negli amici di John. Più di una volta lo aveva sentito dire quanto fosse talentuosa Ryleigh. Che pensava fosse una hacker migliore di lui. Melody non sapeva se credergli, ma solo il fatto che lo avesse detto era qualcosa di enorme. Significava che suo marito aveva un immenso rispetto per la giovane. Ryleigh doveva avere ragione. Doveva e basta.

Melody abbracciò tutti gli uomini e le donne nella stanza, ringraziandoli per essere lì in quel momento, e perché stavano facendo ciò che era necessario per trovarlo.

Non fu sorpresa quando tutti ignorarono i suoi ringraziamenti, dicendo che era ciò che facevano gli amici... e ciò che John aveva fatto per anni per tutti loro.

«Inutile dire che se qualcuno trova Tex, la prima cosa che deve fare è contattare uno di noi» disse Matthew con fermezza. «Non deve entrare in quel posto da solo. Saremo tutti piuttosto vicini, quindi potremo essere lì in pochi minuti. Se lavoriamo insieme Tex avrà maggiori possibilità di uscire da questa situazione senza che Rook, o chiunque sia il rapitore, lo uccida prima che possa essere salvato. Capito?»

Tutti annuirono. Le parole *lo uccida* risuonarono nella testa di Melody. Non potevano essere così vicini a salvare John per perderlo all'ultimo secondo.

«E se c'è qualcuno al The Sugar Shack, fatecelo sapere il prima possibile» disse Matthew al suo team. «Dalle foto satellitari inviate da Ryleigh, sembra sia un posto eccellente per interrogare chiunque sia lì per raccogliere i soldi.»

Melody non fu scioccata dalle sue parole, tantomeno disgustata. Quasi desiderava che ci *fosse* qualcuno lì. Se gli uomini intorno a lei fossero riusciti a farsi dire dove si trovava John, non le importava come avrebbero ottenuto quelle informazioni. Per quanto la riguardava il fine giustificava i mezzi, e qualsiasi cosa avrebbero fatto al rapitore, quel tizio se l'era cercata con le sue azioni.

«Facciamolo. Ricordate... proteggete Tex a tutti i costi» ricordò Matthew al gruppo. «Non possiamo sapere in che condizioni sarà se lo troveremo. Non dopo tutto questo tempo. Se per salvarlo dovremo lasciare andare Rook, o chiunque altro, va bene lo stesso. Non scapperà. In un modo o nell'altro lo prenderemo. Non c'è posto in cui potrà nascondersi con Ryleigh e Beth che si occupano del suo caso. E quando Tex si sarà ripreso, non avrà pace finché non vedrà il suo rapitore morto o dietro le sbarre. Capito?»

Le risposte affermative furono un po' meno entusiaste questa volta. Melody capiva perché. L'ultima cosa che voleva era che l'uomo che aveva rapito lei e John fosse libero, intento a tramare e a progettare di farlo di nuovo. Non voleva vivere la vita in una bolla, guardandosi costantemente alle spalle. Ma Matthew aveva ragione. Se lasciare andare il responsabile, o i responsabili, significava proteggere John e liberarlo, era ciò che andava fatto. Lui era la cosa più importante in quel momento. Punto.

Caroline, Jodelle e Beth la abbracciarono forte, augurandole buona fortuna, poi Melody uscì. Era più che pronta a farlo. Sempre meglio che starsene seduta in casa a preoccuparsi e a chiedersi cosa stesse passando suo marito. Sperava con tutto il cuore che qualsiasi cosa fosse successa nell'ora successiva avrebbe posto fine a quell'incubo una volta per tutte.

CAPITOLO UNDICI

Tex non aveva idea se fosse giorno o notte. Nessuno aveva più aperto la cassa in cui era stato rinchiuso per... ore? Giorni? Aveva fame e sete. L'acqua che gli avevano lasciato era finita da un pezzo. Le sue labbra erano screpolate, il polpaccio gli faceva un male cane e purtroppo non riusciva a vederlo per valutare i danni causati dal proiettile. Non gli piaceva che la gamba fosse così calda. E non riusciva più a stare in piedi. Ci aveva provato.

L'ultima volta aveva stretto i denti e tentato di mettere peso sulla gamba, ma era caduto a terra a causa dei dolori lancinanti. Per quanto odiasse ammetterlo, il suo rapitore gli aveva di fatto tolto la capacità di scappare. Se gli uomini fossero tornati e avessero lasciato la porta spalancata, non sarebbe riuscito a saltellare.

Digrignò i denti e giurò che se si fosse presentata l'occasione, si sarebbe messo in salvo strisciando, se fosse stato necessario. Non si sarebbe arreso, a prescindere da quanto fosse diventato debole. L'unico giorno facile era ieri diceva il motto dei SEAL, e in passato si era trovato in situazioni peggiori di quella che stava vivendo ora. Doveva semplicemente resistere un'altra settimana, un altro giorno, un'altra ora, un altro minuto.

Lo stronzo che l'aveva rapito voleva qualcosa; Tex doveva ancora capire esattamente cosa, ma lo avevano preso per un motivo, proprio come Melody era stata lasciata andare per un motivo. Si era scervellato in continuazione nel tentativo di capire chi fosse quell'uomo... quello che gli aveva sparato mentre stavano registrando. A quel punto, Melody aveva probabilmente ricevuto il nastro, e se l'aveva ascoltato probabilmente era fuori di testa. Non che l'avrebbe biasimata.

Ricordava l'audio che avevano ricevuto quando Caroline era stata rapita; lo stronzo si era registrato mentre la picchiava a sangue. Era stato davvero difficile per Wolf ascoltarlo. Accidenti, era stato difficile per lui sentirlo e non era innamorato di quella donna. Odiava che Melody ora si trovasse nella stessa situazione. Pregava che capisse che il colpo non era stato fatale. Se avesse pensato che era morto...

Non riuscì a finire il pensiero. Era inimmaginabile. Se

i ruoli fossero stati invertiti, Tex non era sicuro se sarebbe riuscito a muoversi, a fare qualcosa. Ma la sua Melody era una roccia, aveva la forza per superare qualsiasi emozione provocata dalla registrazione e avrebbe pianificato. O almeno aiutato i suoi amici a farlo.

Per la prima volta nella vita, Tex doveva solo stare sdraiato lì e aspettare. Non poteva partecipare al salvataggio di sé stesso. Be'... non era esattamente vero. Poteva restare in vita. Quello era il suo compito in quel momento. Continuare a respirare, continuare a far battere il cuore. Essere in quella posizione era strano, soprattutto per qualcuno che era abituato a essere al centro delle missioni per trovare le persone.

Ma non era imbarazzato.

Non si vergognava.

Sarebbe stata una colpevolizzazione della vittima, e lui non aveva fatto un bel niente per mettersi in quella situazione. A volte i cattivi avevano la meglio, ma sarebbe arrivato il momento del suo rapitore. Sarebbe stato annientato, insieme a tutti coloro che lo stavano aiutando. Se non per mano sua, per mano dei tanti uomini e donne che Tex conosceva in giro per il mondo.

Nessuno si sarebbe dato pace finché non lo avessero trovato... vivo o morto... e non l'avessero fatta pagare ai responsabili.

Crederci fino in fondo lo stava aiutando a resistere.

Non era veramente solo. Fisicamente, sì... ma la consapevolezza che, proprio in quel momento, delle persone stavano esaminando ogni minimo aspetto della situazione e controllando ogni frammento di informazione digitale per trovare i responsabili del rapimento, era ciò che lo faceva tirare avanti.

Fece un respiro profondo.

Poi un altro.

Ignorò i crampi nella pancia.

La sensazione che il suo cuore battesse nel polpaccio.

I dolori fantasma nella gamba mancante che non sentiva da anni.

I soccorsi stavano arrivando.

Doveva solo essere paziente.

———

Annie Fletcher strinse e aprì pugni per la trepidazione e per assicurarsi di scaldare i muscoli delle mani. Era *più* che pronta a intervenire. Superare l'addestramento per diventare un Berretto Verde era stata già la cosa più difficile che avesse mai fatto nella sua vita; quando non erano stati i suoi istruttori a cercare di farla smettere, ci avevano provato i suoi commilitoni. Avrebbe potuto gestire più che bene qualche spregevole rapitore.

Molta gente pensava che le donne non avrebbero

dovuto combattere, figuriamoci diventare soldati delle forze speciali. Ma al diavolo. Lo avrebbe dimostrato a tutti. E un giorno sarebbe stata a capo del suo plotone, e i suoi soldati avrebbero rispettato lei e le sue capacità. Sarebbe stata la miglior leader che avessero mai conosciuto.

C'erano delle persone che avevano sempre creduto in lei. I suoi genitori, ovviamente, che l'avevano sostenuta al cento per cento, che le avevano detto che avrebbe potuto fare qualsiasi cosa, essere qualsiasi cosa.

Frankie... il ragazzo che amava da quando aveva sette anni. Un giorno lo avrebbe sposato, ma prima doveva dimostrare a sé stessa e al mondo che poteva farcela come soldato delle forze speciali, proprio come suo padre e i loro amici.

A quel proposito, anche gli ex compagni di squadra di suo padre, ormai tutti in pensione, erano suoi sostenitori. L'avevano instancabilmente affiancata nei percorsi a ostacoli, l'avevano torchiata sulle cose che doveva memorizzare e, in generale, la incoraggiavano quando si sentiva giù di morale per il percorso che aveva intrapreso. Truck e sua moglie Mary erano sempre stati i suoi più fedeli sostenitori. Le mandavano mail e pacchi con viveri e altra roba utile, ed erano sempre lì per lei quando aveva bisogno di qualcuno con cui lamentarsi di tutto ciò che stava affrontando.

E poi c'era Tex.

Non lo vedeva da anni, ma ricordava ancora quanto fosse stato tosto al ricevimento di nozze dei suoi genitori, quando si erano presentati degli... *ospiti indesiderati*. Lo aveva sempre ammirato e si era fidata dei suoi consigli. Quando era stata sul punto di abbandonare il programma dei Berretti Verdi, era stato lui a convincerla a non farlo.

Nel corso degli anni le aveva anche regalato molti localizzatori, e lei non aveva avuto alcun problema a tenerne sempre uno con sé. Tex era praticamente il suo angelo custode personale, e le dava un enorme conforto sapere che avrebbe potuto vedere dove si trovava in qualsiasi momento della giornata e che ci sarebbe sempre stato se avesse avuto bisogno di lui, senza se e senza ma.

Quindi, quando aveva saputo che era stato rapito, Annie non aveva esitato a chiedere, anzi, a pretendere un permesso, così da poter andare in Pennsylvania e offrire tutta l'assistenza possibile. Non era un genio del computer, ma era più che in grado di usare le competenze che aveva acquisito negli anni per infiltrarsi in un nascondiglio e salvare e proteggere Tex, se fosse stato necessario.

Era estremamente grata a Wolf per averla messa in coppia con Truck quella sera. Nessuno sapeva se uno dei tre posti che Ryleigh e Beth avevano scovato si sarebbe rivelato valido, se in uno avrebbero trovato Tex, ma pregava che se così fosse stato... fosse nella casa che lei e Truck stavano per andare a controllare.

Non sembrava probabile. Chi avrebbe nascosto un ostaggio nel bel mezzo di un quartiere molto frequentato, dove chiunque avrebbe potuto sentire o vedere cosa stava succedendo? Certo, era improbabile che i vicini chiamassero la polizia, dato che non erano esattamente dei cittadini modello e la maggior parte di loro aveva avuto problemi con la giustizia, ma le possibilità non erano del tutto assenti.

Truck parcheggiò il SUV che aveva noleggiato all'ingresso del quartiere, dietro a una stazione di servizio che aveva un che di sospetto. «Vado dentro ad avvertirli di non osare toccare la mia macchina» disse.

Annie avrebbe voluto alzare gli occhi al cielo. Come se dire a qualcuno di non toccare la sua roba lo avrebbe fatto desistere. Ma, d'altronde, Truck era piuttosto intimidatorio; se non era per via dei suoi due metri di altezza, era per la cicatrice sulla guancia che gli tirava giù le labbra, dandogli un cipiglio permanente.

A lei non importava un fico secco di quella cicatrice; suo padre e gli altri della sua cerchia amavano ancora raccontare la storia della prima volta che lei aveva incontrato Truck da bambina, del fatto che avesse messo il suo piccolo palmo sopra la cicatrice e chiesto se gli aveva fatto male quando era successo.

«Resta qui» le ordinò Truck, prima di scendere dal SUV e chiudere bruscamente la portiera.

Annie fece come richiesto, semplicemente perché stava ripassando nella sua testa diversi scenari su come sarebbero potuti andare i minuti successivi; tipo cosa avrebbero potuto dire se avessero incontrato qualcuno mentre controllavano il posto che Ryleigh e Beth avevano individuato come potenziale nascondiglio e come avrebbero potuto entrare.

Cosa avrebbero fatto se avessero effettivamente trovato Rook o Tex o chiunque altro all'interno.

Truck tornò in meno di un minuto e Annie scese dal veicolo. Controllò la sua pistola per assicurarsi che fosse ben inserita nella fondina nella parte bassa della schiena, e il suo coltello KA-BAR nel fodero legato alla coscia. Tirò fuori il visore notturno che aveva messo in valigia all'ultimo momento, per ogni evenienza, e infine diede una pacca al coltellino nascosto in una tasca che aveva cucito sulla spallina del reggiseno sportivo. Si era esercitata a lanciarlo finché non era riuscita a colpire un bersaglio esattamente al centro, da una distanza di più o meno cinque metri.

Senza dire una parola, svanirono tra gli alberi che circondavano il parcheggio della stazione di servizio.

Truck fece strada, camminando silenziosamente in mezzo alla vegetazione. Per essere un uomo così massiccio sapeva muoversi senza fare il minimo rumore, come un predatore letale. Annie lo osservò con attenzione, considerando la cosa non solo come una potenziale missione di salvataggio, ma anche un'esperienza formativa per sé stessa. Aveva sempre tanto da imparare, e da chi era preferibile farlo se non da uno dei migliori?

Passarono davanti a un paio di case dal cui interno proveniva musica ad alto volume, ma non rallentarono. Interruppero quello che pensò fosse uno spaccio di droga, ma quando lei e Truck praticamente lo ignorarono, i due uomini continuarono a fare quello che stavano facendo. Non era un quartiere adatto ai bambini, e per fortuna non notò nulla che dimostrasse che ce ne fosse qualcuno. L'odore di erba era intenso e nell'aria aleggiava un senso di trepidazione innaturale e sinistro. Come se tutti coloro che vivevano lì stessero semplicemente aspettando che accadesse qualcosa di brutto.

Mentre si avvicinavano al loro obiettivo, Truck fece strada verso il retro della casa presumibilmente abbandonata...

Tranne che c'era un bagliore che proveniva dall'interno. Non era intenso, ma era comunque una luce.

«Truck» disse Annie, afferrandogli il braccio con una presa ferrea.

«La vedo» ribatté in tono bassissimo.

Tirò fuori il telefono e mandò un rapido messaggio. Annie suppose che stesse scrivendo a Wolf.

«Gli ho detto di tenersi pronto. Che non abbiamo ancora trovato niente e che potrebbe esserci un senzatetto, qualcuno che si sta facendo una dose o che fa sesso con una prostituta» le riferì con la stessa voce mortalmente bassa.

Annie annuì, ma ogni terminazione nervosa del suo corpo le stava dicendo che chiunque fosse in quella casa non stava facendo nessuna delle cose che Truck aveva menzionato. C'era Tex lì dentro. Il suo istinto le urlava che aveva ragione.

«Io vado sul retro a controllare le finestre» gli disse. Non aveva perfezionato quel sussurro atono che lui sapeva fare così bene, ma non sembrò turbato dal fatto che la sua voce non fosse altrettanto bassa.

«Va bene. Se trovi qualcosa, manda un messaggio a Wolf e poi a me.»

Annie annuì e tirò fuori il telefono. Aprì l'app di messaggistica e cliccò sul nome di Wolf. Digitò, *è qui*, ma non lo inviò. Se avesse trovato Tex, avrebbe solo dovuto riaprire l'app e cliccare su "Invia", senza dover perdere tempo per digitare il messaggio.

«Entreremo insieme se lui è qui» continuò Truck. «Tu dal retro, io da davanti. Se le cose dovessero mettersi male, proteggi Tex. Tiralo fuori da lì.»

«E tu che farai?» chiese Annie. Si sentì come infiammare da un fuoco dentro di sé, sapendo che Truck si stava fidando di lei affinché proteggesse la vita di Tex. Avrebbe potuto benissimo incaricarla di sottomettere chiunque avesse acceso quella luce in casa, invece le aveva chiesto di salvare il loro amico. Ciò significava tutto per lei. La fiducia e la convinzione nelle sue capacità che le stava dimostrando le fecero dimenticare ogni istruttore che aveva affermato che non ce l'avrebbe mai fatta. Ogni altro candidato che le aveva detto che non sarebbe mai diventata un soldato delle forze speciali, un Berretto Verde.

«È da un po' che non lo faccio, ma nessuno deve permettersi di provare a fregare Tex.»

Non era proprio una risposta, ma in un certo senso lo era. «Abbiamo bisogno di risposte» gli ricordò.

«Lo so.»

Annie scrollò le spalle. Non le fregava un cazzo di cosa avrebbe potuto fare Truck a chiunque ci fosse stato in quella casa. La sua unica preoccupazione era Tex. Non aveva dubbi che l'ex Delta sapesse badare a sé stesso. Anche se ci fosse stata più di una persona in quella casa, anche se il rapitore avesse avuto un intero contingente di compari lì con lui, che stavano facendo una dannata orgia o qualcosa del genere, Truck se ne sarebbe occupato.

«Fai attenzione» le disse, appena prima che si separassero. «Fletch non mi perdonerebbe mai se facessi ferire la sua bambina.»

Annie alzò gli occhi al cielo. «Non preoccuparti per me. Preoccupati per te... vecchio» lo stuzzicò.

Truck le sorrise, poi tornò di nuovo serio. «È ora di andare a riprenderci il nostro amico.»

«Un SEAL non abbandona mai un SEAL» recitò Annie. Nessuno dei due lo era, ma Tex sì. E non lo avrebbero abbandonato. Per nulla al mondo.

Truck svanì nell'oscurità. Un secondo prima era lì, e il successivo si ritrovò da sola. Era quasi inquietante quanto fosse silenzioso, considerando la sua stazza, ma non ebbe il tempo di riflettere su come ci riuscisse.

Facendo del suo meglio per non attirare l'attenzione di nessuno, Annie si avvicinò furtivamente al retro della casa in questione. L'erba e la sterpaglia erano alte sul retro di quasi tutte le abitazioni del quartiere, e offrivano una copertura perfetta. Muovendosi rapidamente andò dritta dietro a quella che avrebbe dovuto essere abbandonata. Non c'era alcuna luce che filtrava da quelle finestre. Si abbassò sugli occhi il visore notturno e si mosse come un'ombra verso la prima finestra.

Sbirciò dentro e vide quella che sembrava una camera da letto. Riusciva a malapena a distinguere delle scatole accatastate su una struttura del letto storta. C'era spazzatura sparsa per tutta la stanza e forse sul pavimento c'erano anche delle feci. Non si fermò a chiedersi se fossero umane o di animali. La merda era merda.

Si spostò verso l'unica altra finestra e provò a guardare dentro. Con sua sorpresa, tutto ciò che vide fu il debole riflesso del suo viso che la fissava. Confusa, Annie si rese conto che quella finestra aveva una tenda.

Sentì un rimescolio nella pancia per l'ansia e l'eccitazione, perché non c'era assolutamente alcun motivo di chiudere le tende in una casa vuota, soprattutto in una che sembrava usata da qualcuno che aveva bisogno di un posto per dedicarsi alle proprie attività nefaste, e tirò fuori il telefono.

Inviò rapidamente il messaggio che aveva digitato a Wolf; era certa, anche senza avere delle prove assolute, che Tex fosse dall'altra parte di quelle tende. Ci avrebbe scommesso la sua reputazione di Berretto Verde. Poi inviò un messaggio a Truck.

Sì.

Una parola. Fu tutto quello che si prese la briga di

scrivere, ma lui avrebbe capito. Era abbastanza sicura che stesse già pensando la stessa cosa che pensava lei, cioè che Tex fosse lì.

Annie aveva alcune opzioni. Rompere il vetro e allarmare chiunque si trovasse in casa facendogli capire che qualcuno forse stava cercando di salvare il suo prigioniero, cosa che avrebbe reso loro la vita più difficile. Oppure incrociare le dita e sperare che chiunque avesse tirato le tende non si fosse preoccupato di controllare la chiusura del serramento.

Annie trattene il respiro e spinse la finestra verso l'alto.

Con suo stupore e gioia, si alzò.

Idioti! L'avevano lasciata sbloccata!

Ma in seguito a quel pensiero giunse la preoccupazione. Se la finestra era aperta e Tex era lì dentro, avrebbe potuto uscire in qualsiasi momento. Anche se fosse stato legato o ferito, era un SEAL. Sì, era vecchio – suo padre le avrebbe dato una bella lezione se avesse saputo che aveva considerato Tex *vecchio*, perché erano molto vicini di età – ma era impossibile che se ne sarebbe semplicemente stato seduto ad aspettare che qualcuno andasse a salvarlo, se avesse potuto uscire da solo.

Che *non* l'avesse fatto non era un buon segno. Lo

sapeva anche lei. Probabilmente per qualche motivo non aveva potuto farlo, e ciò le provocò un senso di nausea, ma scacciò quel pensiero. Aveva un compito da svolgere e non avrebbe fallito.

Per la prima volta Annie dubitò del suo istinto e si pentì di aver inviato quei messaggi prima di essere completamente sicura che Tex fosse lì dentro. Ma ormai era troppo tardi. L'unica cosa che poteva fare era spostare la tenda e vedere di persona se grazie al suo istinto e al suo addestramento aveva visto giusto.

Provò a spingere le tende e si rese conto che erano in qualche modo attaccate sui lati e al centro, dove si incontravano. Spinse più forte e capì che erano state fissate con del nastro adesivo al telaio della finestra, mentre il fondo non lo era.

Muovendosi il più rapidamente possibile, pur cercando di non fare rumore, Annie staccò l'adesivo su un lato, allontanò la tenda dal muro e guardò dentro.

Ciò che vide la confuse. La stanza era vuota. Niente spazzatura sul pavimento come nell'altra. Niente scatole. Nessun mobile, a parte una sedia proprio al centro dello spazio; rimase a fissarla un po' più a lungo, e notò delle fascette che pendevano dai listelli posteriori.

Figli di puttana. Non si era sbagliata. Tex era lì. O c'era stato. Probabilmente lo avevano legato proprio alla sedia che stava guardando. La porta della stanza era chiusa e lei ne approfittò per tirarsi su sul davanzale e scivolare dentro. Si accovacciò sotto la finestra e restò lì ferma, in attesa. In ascolto.

Rimase un attimo perplessa quando sentì della musica provenire da qualche parte. Era debole, ma ora che si trovava dentro la stanza si sentiva molto più chiaramente di quando era all'esterno.

E ora poteva anche vedere ciò che prima non aveva visto. Qualcuno aveva costruito una falsa parete.

No, non era una parete. Era una sorta di cassa.

Spalancò gli occhi e si mosse senza pensare alle conseguenze. Non stava più cercando di essere furtiva, era inorridita da ciò che stava vedendo. Il legno della cassa era stato dipinto di nero, motivo per cui non aveva capito subito cos'era. Si confondeva con l'oscurità della stanza. Inoltre, ora che era proprio lì davanti, poteva sentire più facilmente la musica. Proveniva dall'*interno* della cassa.

Cazzo! Ora non aveva *alcun* dubbio. Quella era la prigione di Tex e lei lo avrebbe tirato fuori da lì. Ma come poteva farlo senza rischiare di allertare chiunque fosse nell'altra stanza? Avrebbero sentito la musica nel momento in cui avesse aperto la cassa.

Un rumore proveniente dall'altra parte della porta la fece voltare di scatto. Tirò fuori la pistola d'istinto e si inginocchiò, puntandola in quella direzione. Ma un attimo più tardi, si rese conto che ciò che aveva sentito non era qualcuno pronto a irrompere nella stanza.

Quel rumore proveniva da Truck, che stava lottando con chiunque avesse incontrato.

Quella era la sua occasione, visto che lui era impegnato con chi si trovava dall'altra parte della porta.

Riponendo la pistola nella fondina, Annie si voltò di nuovo verso la cassa. C'erano due lucchetti sulla piccola porta, che la tenevano chiusa in alto e in basso. Un gioco da ragazzi.

Infilò la mano in una delle tasche dei pantaloni cargo e tirò fuori gli strumenti per scassinare le serrature che portava sempre con sé, e che aveva imparato a utilizzare quasi con la stessa facilità con cui gli altri usavano una normale chiave. Sbloccò il primo lucchetto, poi si inginocchiò per scassinare il secondo. Erano passati probabilmente venti secondi, che per lei sembrarono un'eternità.

Avrebbe voluto assicurarsi che Truck stesse bene, aiutarlo se necessario, ma la sua responsabilità era Tex; proteggerlo e portarlo via da lì. L'ex Delta non l'avrebbe mai perdonata se non avesse fatto il suo lavoro.

Quando spalancò la porta, la musica che si sentiva appena dall'esterno sembrò particolarmente forte. Con una smorfia, Annie si sforzò di guardare nell'oscurità.

Non c'erano luci all'interno del piccolo spazio e le ci volle un momento per capire cosa stesse vedendo.

Tex.

Era sdraiato su un fianco, raggomitolato, sulla parte più lontana. Era completamente nudo e gli mancava la protesi. Ma fu il fatto che non si fosse mosso quando aveva aperto la porta che la preoccupò.

Vide delle macchie scure sul pavimento e sentì l'odore provenire dal secchio che doveva aver usato per fare i suoi bisogni. Ma ignorò tutto mentre si piegava leggermente per entrare nella cella.

«Tex?» sussurrò, ma non arrivò alcuna risposta dall'uomo sdraiato a terra. Si rese conto che non l'avrebbe sentita comunque per via della musica. Non aveva bisogno di sussurrare. Nessuno avrebbe sentito un accidente di niente in quel posto, proprio come Tex non poteva sentire nulla di quello che succedeva fuori.

Annie sentì montare l'odio dentro di sé. La vista del suo idolo, immobile e ferito, le fece desiderare di uccidere chi lo aveva ridotto così.

«Proteggi Tex. È il tuo lavoro» mormorò tra sé e sé.

Doveva tirarlo fuori da lì. Allontanarlo da quell'inferno. Poi avrebbe potuto fare una valutazione medica, vedere cosa serviva fare per aiutarlo.

Annie fece un respiro profondo, pentendosi all'istante, dato che l'aria in quella cassa non era esattamente pulita, e, senza esitazione e senza far caso alla nudità di Tex, si chinò su quell'uomo straordinario e immenso. Solo che in quel momento non lo sembrava. Persino lei si accorse che aveva perso peso durante i giorni di prigionia. Un'altra cosa di cui ritenere responsabili quei bastardi.

Come aveva fatto tante volte durante l'addestramento e nell'inferno che era stata la qualificazione per entrare nei Berretti Verdi, sollevò Tex e se lo caricò sulle spalle con la tecnica usata dai pompieri: la testa posata su una spalla il busto dietro la parte alta della schiena, la gamba che penzolava dall'altro lato. In realtà pesava meno dei manichini e degli uomini che aveva dovuto usare per dimostrare di riuscire a trasportarli durante l'addestramento.

Rimanendo un po' piegata sulle ginocchia, Annie uscì con cautela dalla cassa. Aveva le mani occupate e le sarebbe stato difficile – non impossibile, ma difficile – proteggere entrambi se qualcuno fosse entrato nella stanza proprio in quel momento. Ma la porta rimase chiusa e lei andò verso la finestra.

«Scusa, Tex» disse, prima di sporgersi e lasciarlo cadere sull'erba sottostante. La preoccupava che non si fosse ancora ripreso. Non aveva idea del motivo, ma sapeva che non era morto. Il suo corpo era caldo. Quasi *troppo* caldo.

Scavalcò rapidamente la finestra e si caricò di nuovo Tex sulle spalle.

Mentre si spostava verso la copertura degli alberi che costeggiavano il quartiere lo sentì muoversi, e il sollievo che provò fu immenso.

«Tex?» lo chiamò, con un tono più alto di quanto avrebbe voluto, anche se era stato poco più di un sussurro. «Sono Annie. Ti ho portato fuori. Ora sei al sicuro.»

«Annie?» gridò lui nel suo orecchio con voce roca. La musica che rimbombava in quella cassa doveva avergli fottuto l'udito, e probabilmente non aveva idea di aver parlato a voce alta.

Lo sdraiò a terra e gli mise una mano sulle labbra, aggrottando la fronte e scuotendo la testa.

Lui comprese e annuì. Poi le disse con una voce quasi troppo bassa perché lei potesse sentire: «Grazie a Dio hanno mandato il meglio del meglio.» Ovviamente aveva capito la necessità di parlare piano, ma non era ancora in grado di regolarsi perché il suo udito era compromesso.

A prescindere da ciò, Annie non riuscì a fare a meno di sorridere. Di lasciare che Tex gratificasse il suo ego nel bel mezzo del suo maledetto salvataggio.

Lo ringraziò usando la lingua dei segni, non volendo rischiare di essere sentita se avesse parlato.

Con sua grande gioia – in realtà non avrebbe dovuto

sorprenderla, eppure lo fece comunque – Tex replicò allo stesso modo: *Come sta Melody?*

Lei iniziò a rispondere, ma si udirono degli spari provenire dalla casa che si erano appena lasciati alle spalle. Annie non sapeva cosa stesse succedendo e non voleva che Tex venisse colpito da un proiettile vagante. Sarebbe stato uno schifo essere rapiti e tenuti prigionieri per giorni, solo per venire colpiti accidentalmente durante il salvataggio.

Non aveva alcuna intenzione di portarlo alla stazione di servizio in quel momento, come aveva deciso nel suo piano originale, prima voleva assicurarsi che la zona fosse sicura. Che nessuno fosse in agguato. Sarebbe semplicemente rimasta lì e avrebbe aspettato che Truck, Wolf o qualcun altro le mandasse un messaggio per darle il via libera. E non aveva dubbi che sarebbe successo non appena non avessero trovato lei o Tex in casa o nelle immediate vicinanze.

Si sentirono altri spari e Annie si accovacciò davanti a lui con la pistola in mano, puntandola verso il punto da cui provenivano. Avrebbero dovuto passare sul suo cadavere per prendere di nuovo Tex. Non sarebbe successo.

La sua attenzione era divisa tra la direzione in cui si trovava la casa e l'ambiente circostante. Era improbabile che qualcuno potesse coglierla di sorpresa, ma esisteva quella possibilità. Le mancava avere qualcuno che le copriva le spalle.

Non appena ci pensò, sentì il suo coltello KA-BAR scivolare fuori dal fodero sulla coscia. Dato che aveva sentito Tex grugnire per lo sforzo di muoversi, sapeva che era stato lui. Si sentì pervadere da un senso di calore. Aveva solo desiderato che qualcuno le coprisse le spalle... ed ecco che lo faceva Tex.

Aveva pensato che fosse poco cosciente. Troppo ferito. Troppo debole per poter essere di grande aiuto. Era proprio una stupida. Quell'uomo era un guerriero fino al midollo. Sarebbe stato troppo debole solo da morto, e immaginò che anche in quel caso avrebbe trovato un modo per essere di aiuto.

Passò circa un minuto e nessuno dei due si mosse. Erano entrambi pronti, in attesa che accadesse qualcosa. Quando il suo telefono le vibrò in tasca, Annie sussultò spaventata. Avrebbe voluto ridere di sé stessa: bel soldato delle forze speciali che era, lasciarsi spaventare da un maledetto cellulare.

Muovendosi lentamente, infilò la mano libera nella tasca posteriore e tirò fuori il telefono. Abbassò lo sguardo e vide che era un messaggio di Truck.

Via libera.

Fu travolta dal sollievo. Non aveva idea se fosse stato ferito, se Wolf e gli altri fossero arrivati o se il rapitore fosse stato preso in custodia, ma se Truck aveva dato il via libera, significava che era sicuro spostare Tex in modo che ricevesse le dovute cure mediche.

Annie si chiese per un attimo se andare direttamente al SUV o tornare nella casa in cui era stato tenuto prigioniero. Truck la aiutò inviando un altro messaggio.

Ci vediamo al SUV.

Perfetto.

Si voltò verso Tex e gli disse con la lingua dei segni: *Truck dice che la via è libera. Andiamo alla macchina così potrai ricevere assistenza medica.*

Senza perdere un colpo, Tex replicò: *Truck è qui?*

Annie sorrise e annuì. *E anche Wolf e il resto della sua squadra, Baker e Beth e suo marito.*

«Accidenti» disse lui con voce molto più pacata. Quel poco tempo passato lontano dalla musica a tutto volume gli aveva fatto bene e sembrava che il suo udito stesse tornando alla normalità.

«Riesci a camminare se ti aiuto?» gli chiese Annie. Non aveva ancora visto bene le condizioni della sua gamba. Era più preoccupata che qualcuno spuntasse dagli alberi per riprendersi Tex. Era anche ancora buio, con una luce sufficiente a malapena per vedersi e comunicare tramite la lingua dei segni.

«No.»

Tex non sembrava contento della risposta che aveva

dovuto dare, ma Annie fu sollevata che fosse stato onesto con lei.

Annuì, rimise la pistola nella fondina dietro la schiena, poi si alzò. «Vuoi tenerlo?» gli chiese, indicando con la testa il coltello che lui aveva ancora in mano.

«Sì.»

«Ok. Ma non ferirmi per sbaglio. È maledettamente tagliente.»

Tex sorrise. «Brava ragazza.»

Lei alzò gli occhi al cielo, poi si chinò, afferrò uno degli uomini che ammirava di più al mondo e se lo caricò con facilità sulle spalle. «Tieniti duro» gli disse inutilmente.

Annie avanzò in fretta e silenziosamente, anche se non come Truck, e tornò alla stazione di servizio dove avevano lasciato il SUV. Mentre si avvicinava, vide attraverso gli alberi diverse persone che la stavano aspettando.

C'erano Baker, Benny e Mozart. Non riusciva a vedere Truck, doveva essere ancora alla casa. Proprio mentre ci pensava, sentì delle sirene in lontananza... e si stavano avvicinando.

Baker li vide per primo, si staccò dagli altri e li raggiunse di corsa. «Situazione!» sbraitò.

«Sto bene» rispose Tex prima che potesse farlo lei. «Una ferita da arma da fuoco al polpaccio che è infetta.

Disidratato, pestato a sangue, probabilmente ho qualche costola ammaccata che al momento non mi fa molto male, grazie a tutto il resto. Ho fame e sono molto debole, ma vivo... grazie ad Annie.»

«Lo prendo io» disse Mozart, che insieme a Benny aveva seguito l'altro uomo.

«No. Sto bene dove sono» ribatté Tex con fermezza.

Ancora una volta, Annie si sentì pervadere da un senso di calore. Tex si era affidato a lei perché finisse ciò che aveva iniziato. Non aveva bisogno che qualcuno la sostituisse, poteva trasportarlo per almeno altri tre chilometri, se necessario. Si era allenata per quel genere di cose, ed era grata che lui avesse capito quanto sarebbe stato irrispettoso nei suoi confronti se gli uomini avessero cercato di subentrare.

«Tex? Sai che sei nudo, vero?» gli chiese Benny con un tono divertito.

«Davvero? Wow, grazie per avermelo fatto sapere» rispose lui con sarcasmo.

«Rapitori del cazzo» borbottò Mozart.

«Mi hanno preso anche la gamba. Sono più incazzato per quello» replicò lui, come se stessero conversando davanti a un caffè o qualcosa del genere. «Vi sarei grato se qualcuno riuscisse a trovarla. Quell'affare non è proprio economico.»

«Ci penso io» disse Baker, muovendo i pollici sullo

schermo del suo cellulare mentre si dirigevano verso il SUV.

«Cos'è successo nella casa?» chiese Annie. La sua curiosità ebbe la meglio, ora che Tex era al sicuro.

«Truck è successo» rispose Baker, accennando un sorriso. «E comunque, *è stato* Asher Rook. Per fortuna, perché l'ultima cosa che volevo era avere un faccia a faccia con la mafia. L'avrei fatto, ma è un bene che non abbia dovuto. Lo stronzo era seduto al buio con solo una piccola luce che illuminava la zona, e stava giocando a un cazzo di videogioco. Come se non ci fosse stato un essere umano chiuso in una cassa nella stanza dietro di lui. Era così sicuro di sé, del fatto che non sarebbe stato beccato, che stava giocando tranquillamente a *This is War*.»

«Coraggioso. Harley si incazzerà quando lo verrà a sapere» disse Annie, sapendo esattamente come si sarebbe sentita la moglie di uno degli amici Delta di suo padre quando avesse scoperto che l'uomo che aveva rapito Tex aveva imparato alcune delle sue tattiche dal videogioco che lei aveva contribuito a progettare. L'avrebbe fatta infuriare.

«E gli spari?» chiese Tex. «Qualcuno è rimasto ferito?»

«Rook aveva una pistola accanto a sé, e quando Truck ha sfondato la porta, l'ha raccolta e ha sparato alla cieca» li informò Baker.

«Dilettante» borbottò Mozart.

«L'ha mancato di un chilometro» concordò Benny. «Ma ha dato a Truck una ragione per sparare a sua volta. Quello stronzo è caduto a terra come un sasso, piangendo come un bambino, insistendo che aveva bisogno di un'ambulanza.»

Le parole di Benny fecero infuriare Annie. «Oh, certo. Lui vuole le cure mediche, ma quando ha sparato a Tex non glien'è fregato niente. Che essere umano patetico. E gli altri uomini che hanno aiutato con il rapimento? Non c'era nessuno di loro lì?»

«No, solo Rook» confermò Baker.

«Però ora i ragazzi sono lì per scoprire chi erano... nomi, indirizzi... tutto ciò che devono sapere per trovarli e assicurarsi che paghino per quello che hanno fatto» disse Mozart.

Proprio in quel momento tre auto della polizia sfrecciarono oltre la stazione di servizio a sirene spiegate. Le luci lampeggianti illuminarono per un attimo l'area attorno al SUV, poi tornò di nuovo buio.

«Merda. Finiranno nei guai?» chiese Annie, fissando le auto, che sentirono tutti entrare nel quartiere in cui era stato trattenuto Tex.

«No. Truck aveva addosso una bodycam, quindi vedranno che è stata autodifesa» rispose Baker.

«Ma l'interrogatorio di Rook?» insistette Annie. Era

impossibile che Truck, Wolf e gli altri non avessero usato i mezzi necessari per ottenere le informazioni che volevano. Potevano anche essere in pensione, ma erano comunque i migliori in quell'ambito. Lei lo sapeva bene; non era mai riuscita a mentire a suo padre da ragazzina. Lui era sempre stato in grado di farle spifferare tutto quando faceva cose stupide come mentire su dove si trovava o con chi era.

Baker sollevò un sopracciglio. «Pensi che siano così stupidi da averlo registrato?»

Annie ridacchiò. «Giusto. No.»

«Ragazzi, pensate di potermi portare in ospedale presto?» domandò Tex, come se stesse chiedendo l'ora.

«Cazzo» disse Baker, mettendo la mano sulla maniglia della portiera posteriore del SUV.

Annie si sentì altrettanto in colpa. Era stata così impaziente di sapere cosa fosse successo nella casa, che si era quasi dimenticata di essere lì con Tex nudo e ferito sulle spalle.

Si abbassò un po' di lato e riuscì a farlo sedere sul sedile posteriore. Benny si tolse la maglietta e Tex se la drappeggiò sulle parti basse, annuendo in segno di ringraziamento. Mozart corse a sedersi accanto a lui.

«Sali» ordinò Baker ad Annie, indicando con la testa il sedile del passeggero.

«Volevo tornare alla casa» protestò.

«No. Verrai con noi all'ospedale. Truck vuole minimizzare il più possibile la tua associazione con questa faccenda.»

Lei annuì. Non andava contro nessuna regola militare che lei partecipasse al salvataggio di un civile, ma non voleva davvero attirare altra attenzione su di sé, se poteva evitarlo. La vita per una donna Berretto Verde era già abbastanza dura così com'era.

«Dato che sei ancora in servizio attivo, non vogliamo che tu stia sotto i riflettori.»

Aveva senso. L'ultima cosa che voleva era che l'esercito in qualche modo usasse quella storia contro di lei. Anche se non avrebbe dovuto avere importanza dato che non aveva avuto niente a che fare con la sparatoria.

«Sali, Annie» disse Tex con fermezza. «Ho bisogno che tu chiami Melody per me. Dille che sto bene. Stai lì con lei quando arriverà in ospedale.»

«Sissignore.» Corse intorno al SUV e si sedette sul sedile anteriore. «E tu che fai, Benny?» gli chiese.

«Vado alla casa. Vi terrò aggiornati su ciò che sta succedendo.» Poi si allontanò, scomparendo tra gli stessi alberi da cui era uscita lei.

Baker si mise al volante del SUV e partì da dietro la stazione di servizio così velocemente, che Annie dovette afferrare la maniglia sopra la sua testa per non volare attraverso il veicolo.

«Tenete duro lì dietro. Saremo in ospedale tra tre minuti.»

Nessuno disse nulla per un lungo momento. Mozart era impegnato a cercare di valutare la ferita sul polpaccio causata dal proiettile, il che non era facile al buio e con il modo in cui Baker stava guidando.

La voce di Tex ruppe il silenzio.

«Grazie» disse, con voce piena di emozione. «Sentirmi impotente è qualcosa che non ho provato molto spesso e che non voglio provare di nuovo a breve.»

«Porca puttana, Tex ha appena ringraziato?» chiese Baker sottovoce.

Annie stava pensando la stessa cosa.

«L'ho fatto. E lo ripeto. Grazie. Vi devo un enorme favore.»

«No, non è vero» ribatté con decisione Mozart. «Hai aiutato innumerevoli persone a uscire da situazioni simili. Hai aiutato me, Baker, Wolf... e un sacco di altra gente. È stato un onore ricambiare il favore.»

«Tuttavia, ho la sensazione che non riuscirò mai a ringraziarvi abbastanza. Che...»

«*No*» lo interruppe Mozart. «Basta. Cominceremo a pensare che tutta questa esperienza ti abbia danneggiato mentalmente se all'improvviso vai in giro a ringraziare tutti.»

Le persone in macchina ridacchiarono, compreso Tex.

«Va bene. Messaggio ricevuto.»

«Inoltre, se provassi a ringraziare tutti coloro che ti hanno mandato dei soldi, ci metteresti mesi... anni persino» lo informò Annie.

«Cosa vuoi dire?»

«Sono successe un sacco di cose da quando sei stato rapito» lo informò Baker. «A partire dal fatto che lo stronzo responsabile ha chiesto un riscatto di un miliardo di dollari.»

«Ma che cazzo!» esclamò Tex.

«Già. E una volta che la gente ha sentito che avevi bisogno di soldi, te li ha mandati. In massa.»

«Porca puttana» imprecò di nuovo.

Annie fece del suo meglio per soffocare una risatina. Poi tornò seria. «Sei molto amato, Tex. Le persone in tutto il Paese, nel *mondo*, sono consapevoli di ciò che fai per gli altri. Hanno voluto ricambiare il favore. E quando hanno sentito che *il* solo e unico Tex aveva bisogno di aiuto, sono stati tutti più che felici di fare quello che potevano.»

«Non voglio né ho bisogno di quei soldi. Li restituirò» disse con fermezza.

«Feriresti solo i sentimenti di chi li ha donati» sostenne Mozart.

«E per la cronaca, Melody ha detto la stessa cosa» aggiunse Baker. «Voi due dovrete capire cosa farne. Come usarli per aiutare altre persone che sono state portate via ai loro cari. Soldati. Marinai. Gente scomparsa e sfruttata. Potete creare una fondazione. Usarli per le borse di studio. Per pulirvi il culo. Tutto quello che volete. Ma non puoi restituirli, non dopo che tutti sono stati così ansiosi di aiutare come tu hai aiutato loro o i loro cari.»

«Ma... un miliardo di dollari?» sussurrò.

«Parlane con Ryleigh» suggerì Annie. «Avrà sicuramente qualche idea su come usarli. Da quello che ho sentito da Beth, ha fatto un bel po' di donazioni a enti benefici.»

«Sì, è così» replicò Tex distrattamente.

«Siamo arrivati» annunciò Baker, mentre oltrepassava l'ingresso di emergenza dell'ospedale.

«Pensate di potermi trovare una sedia a rotelle così Annie non dovrà trasportarmi dentro? Sono sicuro che nessuno vuole vedere il mio culo nudo.»

Annie era davvero sollevata di sentire il Tex che conosceva e amava. Quando lo aveva visto in quella cassa era stata terrorizzata. Non così tanto da non riuscire a fare il suo lavoro, ma ora che il rapitore era stato catturato, che Tex era al sicuro e sembrava più sé stesso, doveva ammettere che quella era stata la cosa più spaventosa che avesse mai fatto, semplicemente perché a essere in pericolo era stato qualcuno che amava. Forse poteva considerarla un'esperienza positiva, che l'avrebbe resa più forte nel caso qualcosa del genere fosse accaduto di nuovo... cosa che sperava non sarebbe successa.

«Chiama Mel» disse Tex ad Annie, mentre si trasferiva sulla sedia a rotelle che Mozart era corso a prendere al pronto soccorso, per poi portare in fretta alla macchina. «Dille che sto bene. Che sto in piedi, parlo e sono scontroso come sempre.»

«Lo farò» lo rassicurò. Per un momento non riuscì a muoversi, mentre Mozart praticamente tornava di corsa al pronto soccorso, spingendo Tex davanti a sé. Iniziò a tremare quando alla fine metabolizzò tutto quello che era successo.

Con sua sorpresa, Baker le cinse le spalle e la attirò a sé, dandole un abbraccio forte, caloroso e confortante.

Era esattamente ciò di cui aveva bisogno in quel momento. Baker non era esattamente l'uomo da cui avrebbe pensato di *riceverlo*... ma avrebbe dovuto immaginarlo. L'aveva visto con Jodelle. Quanto si preoccupava per lei, quanto era attento; non si perdeva niente. E mentre alcune persone avrebbero potuto essere imbarazzate per aver quasi avuto un crollo, lei non lo era. Suo padre le aveva ripetuto in continuazione che anche i soldati erano delle persone. Che doveva trovare un modo per rilassarsi dopo una missione intensa.

«Grazie» mormorò contro il petto di Baker.

«Va meglio?»

Annie annuì.

«Bene. Ora vai dentro e chiama Melody come ti ha ordinato Tex. Io parcheggio e sarò lì tra un attimo.»

Ecco, *quello* era il Baker autoritario che aveva imparato a conoscere negli ultimi giorni.

Indietreggiò e tirò fuori il cellulare, e non si preoccupò di guardare Baker allontanarsi con il SUV mentre lei andava verso la sala d'attesa del pronto soccorso, che presto sarebbe diventata molto affollata. Annie si chiese se avrebbe dovuto avvertire lo staff di quante persone stavano per arrivare all'ospedale, ma Melody rispose al telefono, distraendola.

«Lo abbiamo trovato. Sta bene. È prepotente e irritante come al solito. È qui al pronto soccorso per farsi visitare. Ci vediamo presto e ti racconterò tutto quando sarai qui.»

Melody scoppiò a piangere e non riuscì più a parlare.

Caroline le prese il telefono, si fece dire dove lo avevano portato e le assicurò che sarebbero arrivate presto.

Dopo aver chiuso la chiamata, Annie si prese un momento per chiudere gli occhi e semplicemente respirare. Gli ultimi giorni erano stati orribili, ma si sentiva una persona diversa. Tex stava bene. La sua famiglia stava bene. Nessuno si era fatto male. Era un bel finale per un terribile incubo.

Aprì gli occhi ed entrò nel caotico ingresso del pronto soccorso. C'erano ancora molte informazioni da scoprire sull'intera situazione, ma Annie era felice per l'esito, per il ruolo che aveva avuto e per il percorso che stava seguendo nella sua vita. Quello era ciò che voleva fare. Tenere le persone al sicuro. Proteggerle. Salvarle.

CAPITOLO DODICI

TEX NON AVEVA idea di che ora fosse. Pensava pomeriggio. Era stato trattenuto al pronto soccorso per ore. I dottori avevano parlato di un'eventuale operazione al polpaccio, ma dopo averlo pulito e avergli somministrato antibiotici per alcune ore, avevano accettato di dimetterlo con la promessa che se la gamba fosse peggiorata sarebbe tornato subito all'ospedale.

Gli faceva male il viso a causa delle percosse, aveva il naso rotto e un paio di costole fortunatamente solo incrinate. Il suo udito era tornato quasi alla normalità, e nonostante un occhio fosse ancora gonfio, riusciva a vederci. Tutto sommato, era stato fortunato. Era in brutte condizioni, non c'erano dubbi, ma avrebbe potuto morire. Preferiva di gran lunga le lesioni all'alternativa.

Tex era stato più che felice di accettare di tornare in ospedale se la ferita fosse peggiorata o se il dolore fosse diventato troppo intenso. Sapeva meglio di chiunque altro quanto fosse importante la salute della gamba che gli era rimasta. Non avrebbe corso il rischio di perderla. Ma aveva bisogno di essere a casa. Con sua moglie. Nel suo letto.

Tutto il suo mondo era stato scosso nell'ultima settimana, e per quanto amasse e apprezzasse i suoi amici, aveva bisogno di passare un po' di tempo da solo con Melody.

Le sue figlie erano andate a trovarlo in ospedale ed erano scoppiate a piangere quando lo avevano visto. Anche lui si era commosso un po'. Melody era riuscita a mantenere un certo equilibrio, ma aveva la sensazione che quando sarebbe stata lontana dalle figlie e dagli amici, avrebbe lasciato trasparire le sue vere emozioni. Ed era più che pronto per quello; era nelle sue stesse condizioni.

Gli antidolorifici che gli scorrevano nelle vene lo stavano facendo sentire un po' stordito, disconnesso da quello che gli era capitato, ma non così tanto da non voler sentire tutto quello che era accaduto da quando lui e Melody erano stati rapiti: come avevano fatto i suoi amici a scoprire cos'era successo, cos'avevano fatto per trovarlo, *come* lo avevano trovato, qualcosa riguardo ai complici di Rook e cosa stava facendo la polizia. Non aveva voluto parlarne in ospedale, perché era stato costantemente interrotto da infermieri e dottori che andavano e venivano per prelevare sangue, sottoporlo a esami e in generale per fare del loro meglio per riportarlo alla normalità.

Non c'era traccia della sua protesi nella casa abbandonata, il che era seccante, perché quella che portava quando era stato rapito era una delle sue preferite. Ma ne aveva altre da poter usare finché non avesse sostituito la migliore.

Lui e Melody rimasero in silenzio, seduti sul sedile posteriore dell'auto a noleggio di Wolf, mentre li riportava a casa. Tex guardava fuori dal finestrino e teneva la mano della moglie, meravigliandosi che i posti che vedeva ogni giorno, in un certo senso sembrassero... nuovi. Era come se li stesse vedendo per la prima volta.

Il fatto che ora avesse un'idea delle emozioni che sperimentavano coloro che aiutava, era un bene e allo stesso tempo una maledizione. Aveva la sensazione che da quel momento in poi sarebbe stato più empatico sia verso le persone che doveva cercare sia verso i loro cari. Ma sapere cosa potevano subire avrebbe anche reso il suo lavoro un po' più difficile, perché gli avrebbe messo molta più pressione addosso.

Sospirò.

«Stai bene?» gli chiese Melody per quella che sembrava la centesima volta.

«Sì, ora che sono di nuovo con te» rispose con sincerità.

Lei gli appoggiò la testa sulla spalla e avvolse il braccio intorno al suo, rannicchiandosi contro di lui.

Tex era riuscito a farsi lavare con una spugna mentre era in ospedale, ma desiderava ardentemente una doccia vera e propria, per sciacquare via la sporcizia di quella dannata cassa una volta per tutte. Ma prima, aveva bisogno di risposte.

Wolf entrò nel vialetto di casa sua e si fermò.

L'auto fu immediatamente circondata dai suoi amici, tutti desiderosi di aiutare in qualche modo.

«State indietro» ordinò Melody mentre scendeva, poi andò sul lato di Tex. Caroline prese dal bagagliaio la sedia a rotelle che avevano noleggiato all'ospedale e la portò da loro.

Tex si trasferì con abilità sulla sedia, come se lo avesse già fatto migliaia di volte. Quello gli riportò alla mente i ricordi del periodo dopo aver perso la gamba, quando era stato costretto a usarne una prima di avere la protesi.

Melody si mise dietro di lui e lo spinse – era l'unica persona a cui ora avrebbe permesso di farlo – ed entrarono in casa come in una parata... con tutti al seguito di

Tex come se fosse stato il leader di una band o qualcosa del genere. La cosa lo irritò immensamente, e ciò gli fece capire che doveva scoprire le informazioni di cui aveva bisogno per poi chiudersi in camera da letto con sua moglie per qualche ora. Dopo aver fatto un pisolino, tenendo Melody tra le braccia, sarebbe stato in grado di gestire meglio le preoccupazioni di tutti.

Sembrava che lei rendesse tutto migliore. Lo aveva sempre fatto, anche se lui non si era reso conto di quanto fino a quel momento.

Fece avanzare la sedia da solo in soggiorno e si trasferì sul divano. Col cavolo che sarebbe rimasto seduto su quello stupido affare mentre apprendeva tutti i dettagli sul suo rapimento. Melody si affannò un po' per prendere un cuscino da mettergli sotto la gamba, che lui appoggiò sul tavolino da caffè che aveva davanti.

«Dove sono Hope e Akilah?» chiese alla moglie, mentre tutti si muovevano per la stanza per sistemarsi.

«Da Amy. Le ha portate all'ospedale e poi a casa sua. Le farà mangiare, preparerà le borse con le loro cose, poi le riporterà qui... per darti il tempo di parlare con tutti e ottenere delle risposte.»

Pensò, ancora una volta, che sua moglie lo conosceva molto bene. Sapeva che aveva bisogno di parlare di ciò che era successo, di ottenere tutti i dettagli, senza che le sue figlie fossero traumatizzate per aver sentito qualcosa. La baciò, indugiando con le labbra sulle sue. Non aveva idea di come aveva fatto a essere così fortunato da avere quella donna, ma in quel momento ne fu ancora più grato di quanto non lo fosse mai stato.

Tex si guardò intorno. Wolf era seduto sulla poltrona enorme con Caroline in braccio. Baker era appoggiato al muro con le braccia incrociate, mentre sua moglie Jodelle distribuiva con Annie bottigliette d'acqua e bibite a chi le desiderava. Beth e Cade erano accanto a Melody sul divano; erano stretti tutti e quattro seduti lì, ma a Tex non dispiaceva che sua moglie fosse incollata al suo fianco.

Gli ex compagni di squadra di Wolf erano sparsi per la stanza, per lo più in piedi, come se fossero troppo ansiosi per sedersi sul pavimento o sul bordo del caminetto.

L'impulso di ringraziare di nuovo era forte, ma tenne quelle parole per sé, ricordando l'avvertimento di Mozart; prima o poi avrebbe trovato un modo per ringraziare tutti i presenti, così come coloro che non erano fisicamente lì e che si erano dati da fare per trovarlo... tipo Ryleigh e Rex. E quelli che avevano donato del denaro per il riscatto. Anche se gli ci fosse voluto il resto della vita, Tex sarebbe risalito a chi aveva fatto ogni donazione e si sarebbe assicurato personalmente che quelle persone sapessero quanto era stato apprezzato il loro gesto.

Avrebbe dovuto essere un po' subdolo, perché se all'improvviso fosse diventato l'uomo dei "grazie", la gente si sarebbe spaventata.

Quel pensiero lo fece sorridere un attimo. Poi tornò serio.

«Va bene, sputate il rospo. Non tralasciate un accidente. Voglio sapere tutto, il buono, il brutto e il cattivo» ordinò con fermezza. Si voltò verso Melody e disse: «Comincia tu, Mel. Cos'è successo dopo che sei stata spinta fuori da quel maledetto furgone?»

Vedere il gesso sul suo braccio e i lividi che si stavano attenuando era stata abbastanza dura, ma sentire in prima persona ciò che aveva passato gli fece venire voglia di vomitare; del modo in cui si era fatta le abrasioni su tutto il fianco, di quanto era stata terrorizzata nei secondi prima di togliersi il cappuccio dopo che era stata spinta su una strada trafficata, facendole temere di venire investita. Del momento in cui aveva visto quel mattone con il biglietto avvolto intorno, che però era stata costretta a lasciare lì per continuare a camminare per cercare aiuto.

Quando fu il suo turno, Tex raccontò che era stato picchiato quando lo avevano portato nella casa, ma che non gli era stato tolto il cappuccio finché non gli avevano tagliato i vestiti e ordinato di togliersi la protesi. Del fatto che era stato costretto a entrare nella cassa saltellando, mentre i suoi rapitori ridevano.

«Li troveremo. Tutti quanti» disse Baker, con voce piena d'odio.

«I poliziotti ci stanno lavorando» aggiunse Truck. «Rook ha cantato come un canarino e ho tenuto nota della maggior parte dei nomi prima che... morisse.»

Tex guardò l'uomo massiccio e socchiuse gli occhi. Non aveva bisogno di conoscere i dettagli di ciò che Truck aveva fatto per ottenere le informazioni sugli uomini che avevano aiutato Rook, ma aveva bisogno di sapere una cosa. «Ha sofferto?» chiese.

«Oh sì. Quel coglione ha proprio sofferto.»

«Dovrei sentirmi in colpa sapendo cos'ha dovuto affrontare» disse piano Melody. «Che ha dovuto sopportare l'angoscia di non sapere mai cosa fosse successo a sua moglie... ma ciò non gli ha dato il diritto di fare quello che ha fatto a te.»

«E a te» sostenne Tex.

Melody scrollò le spalle. «Un braccio rotto non è niente in confronto a quello che hai subito tu.»

«Non confronteremo le storie dell'orrore» disse lui con fermezza. «Sei stata traumatizzata proprio come me.»

Lei annuì.

«Raccontami qualcosa di più su Asher Rook» disse Tex, rivolgendosi a Beth. «Cosa avete scoperto tu e Ryleigh su di lui?»

«A quanto pare ti aveva rintracciato e chiesto di aiutarlo a trovare sua moglie, più o meno nello stesso periodo in cui eri immerso fino al collo nella ricerca di Kalee» spiegò lei.

Annuì. Ricordava quel periodo. Era diventato ossessionato quasi quanto Phantom di trovare la donna che aveva catturato il cuore del suo amico e non lo aveva lasciato andare. «Ora ricordo vagamente Rook» rifletté. «Non aveva molte informazioni, a parte il fatto che era scomparsa durante una partita di football. Ho contattato il detective di Pittsburgh che si occupava del caso, e mi ha detto che aveva una squadra di quattro uomini che stavano esaminando i video dello stadio, e aveva grandi speranze che sarebbero riusciti a trovare qualcosa. Era convinto che fosse scomparsa volontariamente. Credo che Rook fosse un violento... cosa che non mi ha detto, ovviamente. Il detective ha pensato che lei ne avesse avuto abbastanza. Ho sospettato che andare alla partita fosse stato uno stratagemma, e che lei fosse invece salita su un autobus o altro e si fosse allontanata dalla città e da lui. Trovare Kalee Solberg era molto più importante che rintracciare una moglie maltrattata che aveva tutto il diritto di allontanarsi da un uomo che le stava facendo del male.»

«Direi che te lo ricordi più che *vagamente*» disse Benny con una risatina.

Tex scrollò le spalle. Quando aveva cominciato a parlare della donna scomparsa, gli erano tornati in mente sempre più dettagli. «Quindi... Rook mi ha preso in ostaggio perché era incazzato con me?» chiese Tex a nessuno in particolare.

«Praticamente, sì» rispose Truck, annuendo. «Gli ho chiesto perché avesse preso anche Melody, e lui ha detto perché voleva che tu soffrissi, sapendo che tua moglie era ferita e che non potevi fare niente.»

«Ci è riuscito, accidenti a lui» borbottò.

«Ha imparato abbastanza cose dai videogiochi con cui amava giocare, da farlo sembrare un killer professionista» aggiunse Wolf. «Ha assunto persone con cui aveva fatto amicizia online. Altri come lui che passavano ore a giocare a quei simulatori di guerra. Fa paura quanto bene siano riusciti a eseguire il loro piano.»

«Già» concordò Tex, ricordando come lo avevano picchiato ogni volta che era stato tirato fuori da quella cassa. «Dove sono questi uomini adesso?»

«Avranno quello che si meritano» rispose Truck con voce dura.

Per Tex fu sufficiente. Per una volta avrebbe lasciato che si occupassero gli altri delle persone che avevano rapito lui e Melody. Doveva lasciarsi tutto alle spalle. Ma avrebbe trovato il SEAL che aveva partecipato al suo pestaggio. Trovare e punire quell'uomo era compito suo. Nessuno avrebbe macchiato il nome dei SEAL. Nessuno. «Come mi avete trovato?» chiese, rivolgendo la domanda a Beth.

Lei spiegò che Ryleigh era riuscita a filtrare i possibili luoghi in cui avrebbe potuto essere trattenuto e che i suoi amici si erano divisi per perquisirli.

«Eravamo in pochi, ma non volevo aspettare che venisse qui qualcun altro» spiegò Wolf. «Devi sapere che c'erano almeno una mezza dozzina di squadre che si sono offerte di farlo. Il resto del team di Truck, Rocco e i suoi SEAL, Trigger e i suoi Delta. Rex si è offerto di mandare i suoi Mercenari di montagna, e ho persino ricevuto una chiamata da Bull da Indianapolis, che stava per salire su un aereo con la sua squadra Silverstone. Inoltre, credo che ogni singola persona che hai aiutato fosse più che disposta a venire qui. Ma ho pensato che l'ultima cosa di cui avevamo bisogno, di cui Melody aveva bisogno, fossero decine di persone per cui fare gli onori di casa. Non che qualcuno se lo sarebbe aspettato, ma conosciamo tutti tua moglie, avrebbe voluto assicurarsi personalmente che ogni singola persona che si fosse presentata venisse nutrita e fosse consapevole della sua gratitudine.»

Tex abbassò lo sguardo su di lei. Uno dei tanti motivi per cui la amava era il suo grande cuore. E riusciva perfettamente a vederla cercare di assicurarsi che tutti avessero la pancia piena e che fossero accuditi, invece di badare a sé stessa.

«Comunque, come dicevo, eravamo in pochi, ma sapevamo tutti di dover contattare immediatamente gli altri se avessimo trovato qualcosa» gli disse Wolf. «E il resto dei miei ragazzi li ho messi a coprire le spalle a Melody.»

«Aspetta... *coprirle* le spalle?» chiese Tex, confuso. «Non era qui a casa ad aspettare di vedere se mi avevate trovato?»

La sua domanda fu accolta da un imbarazzato silenzio.

Tex si voltò verso la moglie. «Mel?»

«Non è stato niente di che. Ci avevano detto che la consegna dei soldi sarebbe dovuta avvenire al The Sugar Shack. Sai, quella fabbrica abbandonata? E dovevo essere io a portarli.»

A Tex sembrò che la testa gli stesse per scoppiare, e fissò Wolf con uno sguardo furioso. «L'hai lasciata andare a consegnare i soldi? Sei *pazzo*?»

«Era ovvio che non sarebbe stato lì» si intromise

Beth. «Sai che Melody non avrebbe mai potuto mettere le mani su un miliardo di dollari in contanti, figuriamoci portarseli dietro per consegnarli. Non ci sarebbero stati nemmeno nel SUV.»

«Siamo tornati a casa non appena ci siamo resi conto che il The Sugar Shack era deserto» gli disse Mel calma.

Tex, invece, si sentiva tutt'altro che calmo, ma si ricordò che alla fine tutto si era sistemato. Melody stava bene, e presto anche lui sarebbe guarito; ma comunque in quel momento avrebbe voluto poter camminare avanti e indietro come mai nella vita.

«Non riesco a credere che abbia chiesto un miliardo di dollari» disse, scuotendo la testa. «Doveva sapere che raccogliere così tanti soldi era impossibile.»

«In realtà...» iniziò Abe. «Da quello che ho sentito, *c'è* un miliardo e qualche spicciolo nel conto che Ryleigh ha aperto per le donazioni.»

Tex spalancò gli occhi. «Puoi ripetere?» Era consapevole che alcune persone avevano donato del denaro, ma non gli avevano detto quanto ne era stato raccolto.

«Quando si è sparsa la voce che eri nei guai e che il rapitore aveva chiesto un riscatto, le persone sono state più che felici di donare, e di contattarne altre di quelle che hanno più soldi di quanti ne avrebbero potuti spendere in una vita. Hai toccato il cuore di così tanta gente, Tex, che tutti hanno voluto ricambiare in qualche modo» spiegò Caroline. «E quelle che non hai aiutato, a quanto pare hanno voluto fare una donazione nel caso in futuro avessero avuto bisogno di te e delle tue capacità.»

Tex non riusciva a credere a quello che stava sentendo. Prima di tutto che Rook avesse avuto le palle di chiedere un miliardo di dollari come riscatto, e secondo che fosse stato effettivamente raccolto. Ci sarebbe voluto un sacco di tempo per ringraziare ogni singola persona che aveva donato. Più di quanto avesse previsto.

«Comunque, sono andata al The Sugar Shack con delle borse da viaggio piene di asciugamani, nel caso lui fosse stato lì, ma, come pensavamo, la zona era completamente deserta. Nessun segno che ci fosse stato qualcuno» spiegò Melody. «Abe, Cookie, Benny e Mozart erano tutti con me, per controllare l'area e assicurarsi che fossi al sicuro.»

Era già qualcosa. Tex si fidava ciecamente di quegli uomini, avrebbe affidato tranquillamente loro la sua vita. Cosa più importante, avrebbe affidato loro la vita di *Melody*.

Portò lo sguardo su Annie. «E tu e Truck eravate incaricati di controllare la casa.»

Lei annuì. «Truck è andato sul davanti e io sul retro. Ho guardato dentro le finestre. Una stanza era incasinata, ma l'altra aveva delle tende oscuranti. Cosa molto sospetta. Ho pensato che la finestra sbloccata potesse essere una trappola, ma poi ho visto quella sedia in mezzo alla stanza e... quella cassa.» La sua voce tremò leggermente sulle ultime due parole.

A Tex non piaceva pensare alla cassa in cui era stato tenuto, ma ora era libero. Non era più lì dentro.

Annie continuò a spiegare che aveva mandato un messaggio a Wolf e poi era entrata, che aveva forzato le serrature della cassa e l'aveva tirato fuori.

Il suo tono era distaccato mentre raccontava di averlo preso in spalla come se avesse pesato come un bambino e che si erano allontanati il più possibile dalla casa.

«So che diventare un Berretto Verde non è stato facile» disse Tex. «So che sei stata maltrattata e hai dovuto lavorare il doppio di tutti gli altri per riuscire a guadagnarti il tuo posto tra i migliori, ma per come la vedo io, non avrei voluto che venisse nessun altro a liberarmi da quell'inferno. Hai fatto tutto alla perfezione, Annie, senza esitare. E non pensare che mi sia sfuggito il modo in cui mi hai protetto quando abbiamo sentito quegli spari. Sarai un'eccellente risorsa per qualsiasi plotone in cui ti troverai, e non ho dubbi che molto presto salirai di grado e sarai responsabile della tua unità.»

Gli occhi di Annie si riempirono di lacrime, ma le tenne a bada. «Grazie, Tex.»

Guardò i suoi amici tutt'intorno alla stanza, e si sentì estremamente fortunato. Molte volte, in passato, si era sentito solo in ciò che faceva; seduto nel suo seminterrato, a digitare sulla tastiera, senza nessuno a cui ispirarsi, affidandosi al suo istinto e alla pura adrenalina quando scovava le prove di cui aveva bisogno per trovare chi era scomparso.

Ma non era solo. Nemmeno lontanamente. Lo dimostravano il conto in banca con un cazzo di miliardo di dollari e gli uomini e le donne, seduti e in piedi, nel suo soggiorno.

Era sicuro che avrebbe avuto altre domande più tardi, ma per il momento aveva finito. All'improvviso gli era difficile tenere gli occhi aperti e aveva bisogno di sdraiarsi, di tenere sua moglie tra le braccia e apprezzare le cose belle della sua vita.

Guardandosi intorno, parlò lentamente e in modo chiaro, desiderando che tutti sentissero bene ciò che stava per dire. «Grazie. Per essere qui. Per aver protetto Melody, le mie figlie, per aver fatto tutto il necessario per trovarmi, per avermi protetto. Per me significa tutto.»

«Oh, merda, il mondo sta per finire, vero?» disse

Cookie sottovoce. «Tex che ringrazia... chi l'avrebbe mai pensato?»

Tutti ridacchiarono. Persino le labbra di Tex si curvarono in un sorriso.

«A questo proposito, vado in camera mia a dormire. Non interrompetemi per nessun motivo. Capito?»

«Sì.»

«Certo.»

«Non mi sognerei mai di farlo.»

«Capito, capo.»

«E quando mi sveglierò, andrò nel seminterrato e mi assicurerò che tu e Ryleigh non abbiate incasinato i miei file» borbottò, lanciando un'occhiata a Beth.

Lei rise.

«Nessuno ha incasinato niente» disse Cade, alzando gli occhi al cielo.

«Ti mando un messaggio con i nomi degli uomini che hanno aiutato Rook» lo avvertì Truck. «Ce ne occuperemo, ma so che vorrai comunque i loro nomi.»

Poteva giurarci che li voleva, e annuì all'amico.

«So che hai detto che volevi fare la doccia, ma penso che dovresti aspettare domattina per farla» gli disse piano Melody.

«Mi sento bene» insistette lui. Era una bugia, stava di merda. Gli faceva male il polpaccio, accidenti, gli faceva male anche la gamba mancante, aveva un'emicrania terribile ed era esausto. Ma nessuno doveva saperlo. Anche se, ora che pensava alla doccia, era sollevato dal fatto che ci fosse una panca incorporata dentro, dato che non sarebbe stato in grado di lavarsi in piedi. Il che era seccante.

«Dai, Iron Man» disse Melody con una risatina. «Anch'io vorrei fare un pisolino.»

Lo aveva immaginato. Era sicuro che sua moglie non avesse dormito molto mentre lui era prigioniero. Era più che felice di filare dritto a letto, finché fosse andata anche lei.

Fu una dannata impresa tornare sulla sedia a rotelle e spingersi fino in camera. Sarebbe stato davvero contento quando avrebbe avuto di nuovo la gamba e il polpaccio fosse guarito, così avrebbe potuto muoversi di più.

«Vedrò di intrattenere Hope e Akilah quando torneranno con Amy» disse Caroline.

«E io preparerò la cena» si offrì Benny.

Tex annuì, ansioso di vedere cosa si sarebbe inventato di preparare per tutti. Quell'uomo era un mago in cucina.

Stava per chiudere la porta della camera da letto quando Annie parlò ad alta voce dalla zona giorno. «Stavo pensando che potresti essere un po' più disponibile ad avere addosso quel nuovo localizzatore sofisticato che stai insistendo di farmi mettere, no?»

Quella merdina.

Non si sbagliava. Tex non aveva dubbi che se avesse avuto il prototipo che aveva inventato, quello sottocutaneo, come il microchip di un cane o di un gatto, sarebbe stato trovato molto prima. Probabilmente quasi subito.

«Lo farò se lo farai tu!» le rispose.

Sentì Annie emettere un grido di gioia un attimo prima che Melody chiudesse la porta. Anche lei aveva un sorriso stampato in faccia, e lo aiutò senza tante cerimonie a mettersi a letto, poi si sdraiò subito accanto a lui. Nell'istante in cui la strinse tra le braccia, Tex si sentì completamente rilassato per la prima volta da giorni.

Non si era sentito in imbarazzo quando Annie lo aveva visto senza vestiti addosso. Non si era arrabbiato per non essere riuscito a salvarsi da solo. E non si era vergognato di aver pianto quando aveva posato di nuovo lo sguardo su Melody e visto con i suoi occhi che stava bene; un po' malconcia, ma viva.

Ma lì, a casa sua, nel suo letto, con la moglie tra le braccia, Tex si permise di provare tutte le emozioni che aveva represso nell'ultima settimana. La paura, l'incertezza, la preoccupazione, la rabbia, l'incredulità di essere stato *rapito*. E pianse mentre sua moglie lo stringeva più forte che poteva con il braccio illeso, piangendo insieme a lui.

In seguito si sentì meglio, ma completamente svuotato.

«Ora mi metto a dormire» la avvertì.

«Shhh. Io sono qui.»

«Ti amo» le disse. «Sono orgoglioso di te, per essere stata forte.»

«Ti amo anch'io. Abbiamo degli amici davvero fantastici.»

«Sì, è così» concordò.

L'ultima cosa che notò fu quanto fosse bello il silenzio assoluto nella stanza. Non avrebbe mai più dato cose del genere per scontate. Non avrebbe mai più data per scontata *nessuna* delle cose che gli erano state donate; la sua salute, la sua famiglia, i suoi amici. Era un uomo davvero fortunato.

———

Spero che questa storia vi sia piaciuta. Mi è entrata in testa e non sono riuscita a lasciarla andare. In realtà è in parte basata su una storia vera che ho visto una volta in TV. Un uomo è stato rapito a sud del confine degli Stati Uniti e trattenuto per MESI, mentre la sua famiglia cercava di collaborare con i rapitori per riportarlo a casa sano e salvo. È stato tenuto in un contesto molto simile a quello di Tex, da solo in una cassa, con la musica ad alto volume, settimana dopo settimana. È stato tenuto prigioniero per mesi, e poi un giorno i suoi rapitori lo hanno semplicemente lasciato andare. E lui è tornato a casa a piedi. Malconcio, allo stremo delle forze, ma vivo. Mi ha ispirato e ho pensato... e se succedesse al nostro Tex? Peccato che l'uomo nella storia vera non avesse un localizzatore. O amici delle forze speciali. O Annie. Sono presenti così tanti personaggi in questo libro che non posso elencarli tutti, ma se alcuni non li conoscete provengono, senza un ordine particolare, dalle seguenti serie:

Armi & Amori, Il Rifugio, Forze Speciali alle Hawaii e Delta Force Heroes.

Proteggere Bree

Game of Chance

Il protettore

Il reale

L'eroe

Il tagliaboschi

Ricerca e soccorso Eagle Point

In cerca di Lilly

In cerca di Elsie

In cerca di Bristol

In cerca di Caryn

In cerca di Finley

In cerca di Heather

In cerca di Khloe

Silverstone

Fidarsi di Skylar

Fidarsi di Taylor

Fidarsi di Molly

Fidarsi di Cassidy

Il Rifugio

Meritare Alaska

Meritare Henley

Meritare Reese

Meritare Cora

Meritare Lara

Meritare Maisy

Meritare Ryleigh

<u>Delta Duo</u>

La forza di Gillian

La forza di Kinley

La forza di Aspen

La forza di Jayme

La forza di Riley

La forza di Devyn

La forza di Ember

La forza di Sierra

<u>Forze Speciali alle Hawaii</u>

Trovare Elodie

Trovare Lexie

Trovare Kenna

Trovare Monica

Trovare Carly

Trovare Ashlyn

Trovare Jodelle

<u>Armi & Amori: verso il futuro</u>

Soccorrere Caite

Soccorrere Brenae

Soccorrere Sidney

Soccorrere Piper

Soccorrere Zoey

Soccorrere Avery

Soccorrere Kalee

Soccorrere Jane

Delta Force Heroes

Salvare Rayne

Salvare Emily

Salvare Harley

Il Matrimonio di Emily

Salvare Kassie

Salvare Bryn

Salvare Casey

Salvare Sadie

Salvare Wendy

Salvare Mary

Salvare Macie

Salvare Annie

Mercenari di Montagna

Difendere Allye

Difendere Chloe

Difendere Morgan

Difendere Harlow

Difendere Everly

Difendere Zara

Difendere Raven

Ace Security

Il riscatto di Grace

Il riscatto di Alexis

Il riscatto di Bailey

Il riscatto di Felicity

Il riscatto di Sarah

Una raccolta di storie brevi

Un momento nel tempo

BIOGRAFIA

L'autrice

Susan Stoker è annoverata da *New York Times*, *USA Today* e *Wall Street Journal* quale scrittrice di successo, le cui collane di libri includono Badge of Honor: Texas Heroes, SEAL of Protection e Delta Force Heroes. Sposata con un sottufficiale dell'esercito in pensione, Stoker ha vissuto in ogni dove negli Stati Uniti - dal Missouri alla California e al Colorado - e attualmente vive sotto i grandi cieli del Texas. Quale vera sostenitrice del "vissero felici e contenti", Stoker ama scrivere romanzi in cui una relazione romantica si trasforma in amore.

Per ulteriori informazioni sull'autrice e il suo lavoro, visita il sito web www.stokeraces.com

* 9 7 8 1 6 4 4 9 9 4 7 5 7 *